# 天才はそばにいた！

四方一偈
Yomo Ikkei

中卒で35の特許をとった鈴木君の物語

西田書店

# 奇才はそばにいた！

中卒で35の特許をとった鈴木君の物語／もくじ

## 二部　引きこもりから社会へ出る

# はじめに

この物語の主人公「鈴木君」は実在の人物である。

彼は一九四二年（昭和十七年）に静岡の浜松で生まれ、現在は病を得て多少の身体的な不自由さはあるものの、当地で元気に暮らしている。著者である私と彼は中学校の同級生だが、当時は「けったいな奴」との印象があるのみで級友とはいいがたい間柄だった。それがひょんなことから交流が生まれたのは十代の後半からであり、物語もそこからはじまる。

本書の副題は「中卒で35の特許をとった」とあるが、当時の高校進学率は全国平均五十パーセントなので、中卒は決して珍しいことではなかった。一九五〇年代の日本はまだ敗戦を引きずり、そこら中、むき出しの貧しさがあった浜松である。他の中小都市同様に路地にはある種のいかがわしさが漂っていても、子どもたちはその中で成長し、その後の道を選びとった。

鈴木君の生家は電気店を営んでいて進学への経済的な問題はなかったが、彼は自らの意志で進学しなかった。仮に進学しても彼の「学校嫌い」は中学時代からの筋金入りで、たぶん中途で退学したであろうことは想像に難くない。そしてこの判断が正しかったのはその後の彼の来し方で証明されている。

もうすこし経った時代では大学進学が当たり前になったものの、効率を求め、無駄を排した社会は、「けったいな人物」を排斥するようになった。このころに生まれたとすれば、「奇才！鈴木君」は存在しなかったのではないだろうか。その意味で鈴木君は混沌とした時代に生きた巡り合わせから、奇才としか言いようがない才能を発揮できたのだろう。ただし、人一倍の努力を積み重ねた結果の才能であることを忘れてはならない。

「引きこもり」が社会問題としてクローズアップされる今日、彼に似たメンタリティの持ち主は生きづらさを増している。登校拒否、出勤拒否は本人の問題というよりも社会全体の問題である。個々人の才能が許容されて開花できるような社会システムづくりこそが私たちの課題なのだ。鈴木君のたどった足跡を過去のものとはせず、そこから学ぶべきことがあるという思いから時代相を織りまぜながら物語をはじめたい。

# 第一部　孤独のなかの技術習得

## 一　村木から見た鈴木の生き方

### 変わった男

友人の村木から鈴木という妙な男、けったいな奴の話を聞いた。

彼は父親と営んでいた電器屋を閉めた後、エレキギターの開発者になった技術者である。

ある年の正月、村木は彼と一緒に歩いていると、近所の主婦から「おめでとう」と言われた。新年なので当然の挨拶だが、彼は即座に「おめでたくない」と言い放った。二人の間に何があったのかは分からなかったが、彼女から厭な顔をされても知らぬ顔で、思うがままに言ったのだ。いくら信条にそっての言動とはいえ、こんなにも風変わりな挨拶をするだろうか。職務質問をうけても、「何もしていないのに、なんで職務質問をするんだ」と警官にに喰ってかかって諍いをおこす。こういった奇矯な行動を取れば、アホかと思われようが、彼にすれば己にトコトン正直で、周囲が何と言おうとお構いなし、兄弟にたいしても同じだった。

そして彼は優れた、天才的な才能の持主でもあった。


敗戦まじかの三歳頃は食糧難である。日本のごく一部を除いて、飢餓状態は一般的で、誰もがろくに食べ物にありつけない時代であった。飢えた幼少期を過ごしたせいなのか、彼は食べ物を出されると猛烈な勢いで食べてしまう癖がついた。食べなければ兄弟に食い物をさらわれてしまうから目の前にあるものならガツガツ食べる癖がついたのは当然のことだったのだろう。

幼児期を過ぎ少年期に入っても、いつも母親から「人前でそんなふうに食べるな」とキツく言われた。そうやって怒鳴られているうちに、彼は人前での飲み食いが出来なくなり、トラウマとなった。

実際、この年代の人たちは敗戦後の食糧難の時に二、三歳の幼児だったのが影響してか、後年サツマイモとカボチャを食べられなくなった人が多い。当時のご飯にはサツマイモとかカボチャが大量に入っていたからで、米粒は箸で探さないと見つからない。そんなご飯をいやというほど食べさせられたせいで、サツマイモとカボチャが食べられなくなったわけである。

ただ、不思議なことに、さして歳が違わない鈴木の兄と弟はそうではなかったという。そうだとすると、三歳前後で同じものを食べ過ぎるとその反動が大きく、食べ物の嗜好が植えつけられたのであろうか。

鈴木の父親は、戦前は腕の良い指物師だったが、敗戦後、時代が変わったと感じて電器屋を始めた。寡黙な職人肌の人だったが、その分、母親は気性が激しく口うるさかった。

母親は彼を「やす、やす」と名前の一部を呼び捨てにした。これが安っぽく聞こえ、「馬鹿な奴だ」といつも言われているようで自分の名前が嫌いになった。村木にも「他の人には名前は言うな」と厳命されたので、鈴木としか言えない。兄弟からもその言い方でからかわれた。

村木は鈴木の兄弟が何人いるのか知らない。出会った時は既に彼が二十歳に近かったので、高校生の弟が一年間家にいただけで、村木が出会ったのは、たまに来るすぐ上の兄とその弟だけだった。鈴木によれば兄弟姉妹は五人だというが、兄弟とは距離を置いていて、彼等との付き合いがあまりなかった。

鈴木は勉強が嫌いで高校に行かなかった。小さい時は病弱で身体も弱く、外に遊びに出るといじめられたので家にこもったという。電器屋をしていたせいで、色々なものが転がっていて、それを遊び道具にしていたので孤独ではなかった、と後年話してくれた。

学校を拒否して電気器具に興味を持った鈴木は、色々と分解しているうちにきちんとした筋道がそこにあるのに気付き、製品を成している筋道がどうなっているのかを追求するのに面白さを見出して没頭した。

大人の読む電気関係の雑誌を買ってきては辞書片手に読み込み、小学生なのに色々なものを作れるようになった。それだけではない。その原理までも分かるようになり、生半可な知識に過ぎなかった父親をあっという間に越えてしまったのだ。

それを物語る出来事がある。

鈴木が小学六年の時である。夏休みの終わり頃に、丁度、テープレコーダーを作り上げた。当時、ソニーが一九五〇年に作り上げたものの、高価で放送会社が持っているぐらいの貴重なもので一般的なものではなかったのに、彼は作るのに成功した。夏休みの宿題の提出時にも重なって、これはいいと意気揚々と先生に提出した。

苦労の末に作り上げた作品である。褒められると思って出したのだが、成績の悪い鈴木に作れるわけがない、親が作った、と思われた。カッとした彼はテープレコーダーを先生に投げつけて帰ってしまった。

先生への拒否反応は鈴木に言わせると、小学三年の九九の暗唱の時からだと言う。正しく言ったのに、違うと先生に笑われ、それからは中学を卒業するまで一切の算数の勉強を拒否したから、高校に行けるわけがなかった。

ところが、電気の知識は優秀を超えて抜群のものを持っていた。村木が鈴木に出会った一九六〇年頃はテレビの出始めである。なのに、鈴木はどういう仕組みで映るかを既に知っていたので修理が速かった。

これをたまたま村木が目にした。

大学の帰りに店に立ち寄ると、鈴木が今から修理に出るということが度々あったが、仕事を妨げては悪いとスゴスゴと帰った。ところが、ある時、フラッと立ち寄る村木に、「悪いな。今から修理がある。どうする。ついて来るか。忙しいなら、また来てくれれば」と誘うような口ぶりに、つい、「修理に時間がかかるのか」と訊くと「それはない」と言う。村木は、三輪ミゼットの助手席に乗ってついて行った。

テレビが出始めて数年が過ぎた頃である。平成天皇が皇太子の時で、その御成婚をテレビで見ようと急激に普及し始めてはいても、地方の一般家庭への普及には程遠く、品質も不安定で故障もよくした。彼へのお呼びはしょっちゅうかかった。

「ちょっと待っててくれ」と顧客の家に入る鈴木を見届け、鞄から読みかけの本を取り出してペラペラとめくっていると、彼はもう姿を現した。

「エッ、こんなに早く修理が終わったの」と問いかけをしようにも、黙って運転席に座って三輪ミゼットのエンジンをかけ、スッと走り出す。顧客の家に入って、ものの三分もたってない。不思議に思い、「直ったのかい」と尋ねると、「瞬間修理法。分解したり、色々な部品を調べたり、試行錯誤を繰り返して得た修理法だ」と事もなげに言う。

それはそうであったとしても、こんなに早く修理が出来るなんてあり得るのか。たとえ多くの試行錯誤をして手に入れた技術だとしても、新しく出たばかりのテレビなのだ、と半信半疑で何回かついて行ったが、まのあたりにする限り、顧客先からはあっけなく戻った。

鈴木は言う。徹底した修理を何回も何回も繰り返していたら、故障する箇所が見えて来た。それが分かれば、この症状にはこの修理と瞬時に対処出来る。それとこの凄い技術を事もなげに言うのは、虚勢を張ってのことではなく、彼はただ「時間」が欲しかったのだ。

彼の頭の中では未知のものへの探究心で溢れ、電子オルガンや化学実験に多くの時間を費やしたいという切実な思いに溢れていたからこそ、瞬間修理法を身に付けていたのだ。

「当時の日本のテレビ技術は、アメリカのコピーそのものだ。オリジナルなものなんて何もない。ありきたりの回路で、単純で分かりきっている。修理は簡単だ」と言うだけに、故障の箇所を素早く見抜いた。でも、内部の面倒な箇所では分解に時間が掛るので、客からテレビを担いで来て荷台に放り込み、店に帰ってから父親に修理の箇所とやり方を指示してさっさと二階の自室に上がってしまう。興味のある試作や実験にたっぷりの時間を当てていた。

自由になる自分の時間が重要であって、試作時間は「命と同じぐらい大切なもの」だった。時間を己の中に取り込んで内面化し、生き生きしていたのは素晴らしいが、それにしても時間の大切さから来る職人気質の依怙地さに、村木は閉口させられた。

## 正確無比の時間

鈴木ほどではなくても、時間を重要視するのは日本の美徳であると言われる。それを体現しているのが日本の鉄道の厳しい時間スケジュールで、秒単位での時間厳守を実現しようと基礎技術を蓄積し、世界に類を見ない技術を発展させて作ったシステムである。

「ここまで正確にしなくてもいいだろう、他の国ではやってない」と言うかもしれない。だが、旅行に出掛けたものの、一時間も二時間も列車が遅れれば、予定が狂う。でも、それが当たり前の国がほとんどなのだ。ノンビリしていると言えばそう言えるが、ビジネスでは約束に遅れたら相手がいなくなる可能性だってある。逆にスケジュール通りに列車が来れば予定が立てやすい。日本はこれによって正確な時間通りの訪問や会議の計画がビジネスで可能になり、日本の発展に多大な貢献をしたのである。

鈴木も時間を重要視する一人であって、「時間の厳守」は彼の至上命令だった。

例えば村木が待ち合わせの時間に店へ行ったのに、鈴木がいない。

「エッ、なんで」といぶかしく思い、鈴木の親に聞くと、

「ちょっと前、ミゼットで出て行った」と言う。

「なんだって。この時間に来いというから来たのに、いないなんてなんてこった」とカッカしている最中、鈴木が帰って来るが、謝りもしない。済まないとも言わない。

「時間通りに来たのになんでいない」と、大声で問い詰めると、

「君が二時に来なかった」とすましている。

「エッ、二時には来たよ」といえば、「二時カッキリまでいた」と、丸っこい大きな目の中にある茶っぽい瞳で真っ直ぐ見詰めて言う。

家を出た時間を思い返す。店まで十分かかるとすれば二時を二、三分過ぎるのに気付く。そうなのだ。彼は待っていた。だが、来ない。それで二時のラジオ時報が鳴ると同時に家を離れたのだ。常識的には五分や十分ぐらいの遅刻は許容範囲なのに、「時間が命」の彼は容赦しなかった。時間が彼の中で躍動して無駄を嫌い、厳格な時間厳守は彼そのものであって、ホトホト参った村木だった。

このように鈴木らしいやり方は、これはこれで正しいとしても、人をにわかには信用しない彼は村木にも試したのだ。学生の身の村木にすれば、時間はいくらでもある。こんなことをやられたのでは先が思いやられるので、「ここまで厳格でなくても、いいじゃあないか」と抗弁をすると、

「それなら来なくてもいい」に黙るしかなかった。頑固な鈴木は信条をゆるがせにはしない。あらがうなんてとうてい無理で、村木は並外れた時間厳守に合わせるしかなかった。

鈴木は誰に対してもそうであって、時間を無視したり、いいかげんにしたりする人を許せなかった。おかしいのは自分ではなく、時間を守らない人だった。

これを基本にする鈴木である。

他人に強制すれば怒りだして上手い関係を築けないのに、そんなことは彼の頭の中にはなかった。人嫌いにならないわけがなく、身近な兄弟に対しても同じであって、彼等と遊んだ記憶もなかった。年が違う兄弟が高校に行き、高校に行かなかった鈴木とは成長するにつれてさらに距離

がもっと出来た。

人嫌いへの究極のダメ押しが、中卒後の大きな電器卸店での勤めだった。好きな電気関係の仕事は一生懸命やっても、人間関係を避けて周囲と馴染もうとしない。仲間に入って来なければ周りはいじめに走る。大喧嘩して、一年と持たずに家の電器店に帰らざるを得なくなり、だましたり嘘を言ったりする大人が心底嫌いになった。世間や人との関係を極力断ち切り、電気や機械類へと耽溺し、結果的に修理ならなんでもこなせる技術を手に入れたのである。

当時の日本は敗戦後の回復途上にあって貧しかったものの、一部には「戦争で滅茶苦茶にされた上に、アメリカからのお下がりの技術を後生大事に教えてもらうなんて、冗談じゃない」と考える誇り高い技術者がいた。高度な技術や製法を獲得しようと競い合うサムライ精神を持った人達の中に、ソニーやホンダの創業者もいて、そうした雰囲気を鈴木が感じ取っていたのかどうかはともかく、彼はアメリカの真似でなく、独自のものを作ろうという気概を持っていた。

もう一つのサムライ集団が戦後に職を失った航空技術者達だった。というのも、戦争中に日本のすぐれた航空技術を見せられたアメリカから、ハイテクやスキルを恐れられ、航空機の製造が禁止された彼等は、能力を発揮する場所を失って悶々と日々を送っていた。そこへ鬱憤を晴らす場所が出来た。

新幹線である。

高速で走ろうとすると列車の振動がひどくなってスピードに干渉する。どの国でもなかなか、高速で走れなかった要因であったが、日本は第二次世界大戦での戦闘機の技術があった。この戦いでは素早く動いたり回転したりして敵から逃れたり、相手を追撃することが求められ、振動を抑える技術は必須で、戦闘機の「零戦」や「隼」にはそれがあった。そして、この振動を抑えるための技術の蓄積を新幹線に応用した。

当時の世界ではどこでも作られていなかった、まさに類をみない、振動が少なく高速走行出来る新幹線であった。過去のすぐれたエキスパートの、サムライ精神の技術者たちがいたからこそ成功したのであって、敗戦にもめげずに短期間に新幹線を作り上げた。

鈴木も同じサムライ精神を持つ一人とみていいだろう。というのも、敏感な少年であった彼は、旋盤の千分の一ミリの技術や瞬間修理法や電子オルガン製作の技術などを、苦労して学ぶことを通して、その精神を培っていたからだ。

事実、難解な技術を手に入れるのは簡単ではない。壁にぶち当たればめげる。この壁を打ち破るには集中力と持続力が必要になるが、未熟とはいえ、これを小学生から発揮していた彼である。

確かに鈴木は才能があったとも言えようが、これを成し遂げるには「目的にだけ視野を狭め、周囲を遮断して集中する」というスイッチの入れ方を手に入れていたのが役立ったのだろう。

## おかしな出会い

　このように村木は、鈴木と仲良く上手く付き合ったと思われるかもしれない。だが、事実は全く違った。鈴木とは中学の同級生なので顔を見知ってはいても友人ではなく、出会い当初は拒否されて、妙な男だと思わざるを得なかった。

　最初の出会いは村木が大学生の時だった。一九六〇年の今から半世紀も前のことになるが、当時の村木は志望大学に落ちて、嫌々地元の大学に通い、闇中摸索の真っただ中。不満でクサクサした毎日を送っていたのに、その日は明るかった。

　クヨクヨしても仕方ないとやっと割り切りが出来、気分転換にと大学の帰りに駅から歩いたこともない見知らぬ小路をたどっていくと、電器店の看板が目に飛び込んできた。用もなかったのに、いざなわれるように店に入った。

　アイロンやミキサー、洗濯機と夥しい種類の商品が所狭しと山積みしてあって、通り抜けるにも人一人が通るのがやっとである。場末の小さな店なのに、こんなに商品を置いて売れるものなのかと疑いつつ進むと、奥で若者が椅子に座って机に屈み込んではしきりに手を動かして何かを作っていた。

　背を丸めた猫背気味の丸っこい体に見覚えがあって、「エッ、鈴木？　彼の店？」と中学の同級生の名前が浮かんだ。髪質が硬く、ツンツン髪が突っ立つ大きな頭と丸っこい体や機械類を器用に扱ったり、オート三輪を動かす姿が呼び起こされた。

敗戦後まもない時代である。車と言ったらほとんどの人が持てなかったあこがれのものなのに奇特な人がいて、これからの若者は車の知識を必要とするからと、中学の自動車クラブに古びたオート三輪が寄贈されていた。でも、知識も扱ったことも何もない中学生である。エンジンなんていじれるはずないのに、エンジンを掛けて平然とオート三輪にまたがって動かす鈴木の姿が蘇った。

それが目の前で作業に没頭している姿と重なり、うちに秘めた熱気が伝わって来て、「彼だ。そんな人は彼しかいない」と村木は存在感のあるオーラを直感的に感じ取って確信した。

作業の手を止め、顔を上げて村木を見る小太りの体に、丸ぽちゃの童顔とどんぐり眼、間違いなく鈴木だった。

人の気配に気付いて急に顔を上げたせいか、ボサボサ髪が額に垂れ下がり、隙間から丸っこい目が覗く。ホンワカしたぬいぐるみのような姿に、思わず口元がほころんだが、無言である。「いらっしゃい」の「い」の字もない。「何だい、客が来てんだ。いらっしゃいぐらい言えよ」と腹立たしく、鈴木を再び強く見つめると、思いのほか鋭い眼光の射返しをくらって目をそらした。

照れ隠しに、「単二の乾電池を二つ下さい。鈴木君でしたよね」と思わず声を出すと、ビクッとした彼は顔をゆがめ、頬をブルッと痙攣させた。鋭い眼差しがゆるんでから目を伏せ、「村木君か」とポッと頬を赤らめ、ボソッと言うと下を向いた。ボサボサ頭の天辺の二つのつむじが目に飛び込む。「エッ、こんな大きなつむじ。ここまで大きかったか」と驚きつつ、友人でもない彼と共通の話題なんてあるわけない。

気まずい沈黙に沈みこみそうになるのを振り払い、「何を作っているんですか」と問いかけると、ハッと顔を上げてから目をしばたき、「電子オルガン」とぶっきらぼうに言い放つ。

「なんだって、電子オルガン」と、思わず叫んだ。

一九六〇年頃の発展途上の時代である。電子オルガンを見たことなんて、あるわけがない。

「あの電気で音を出すもの？」と問うと、笑い出し、

「電気というより、電子で音を出す」

「すごいな。そんなモノを作っているのか」

「すごいも何もないよ。アメリカでは既に売られている」

「見たいなあ」

「まだ未完成だが、見るかい」と言って二階に上げてくれた。六畳の仕事部屋。壁一面には小さな棚や箱が埋め込まれ、道具類や部品が整頓されている。だが床は、おびただしい種類の化学薬品や実験道具類が散らかり、足の踏み場もない。

奥に電子オルガンが見えるものの、

「どうやって行くんだ。これじゃあ、行くに行けない」とブツブツ言いながら、フラスコや試

験管の二、三をよけて進みかけると、背後から突然の怒鳴り声。

「歩く隙間など、いくらでもあるだろう。あるべき所にある物が納まっている。ゴチャ混ぜにしないでくれ」

大音声に振り返ると、眉間にたてじわを寄せて、ボサボサ髪をかきむしる彼がいた。

「そうか、雑多に見えて、彼なりの秩序があるのか」と思い、慎重にたどりついて中をのぞく。作りかけの電子オルガンである。むき出しの中はゴチャゴチャしていて、赤、青、黄色に配線が縦横に走ってからみ合う。複雑過ぎて村木には分かるわけがない。

思わず鍵盤に指がフッと触れると、澄んだ音が響いた。

「きれいな音だ。すごい」と近付くドングリ眼に言うと、

「この原理的な仕組みなら、技術者は誰でも知っている」と投げやりなつっけんどんな言い方をされ、答えようがない。

もう一度、鍵盤に指を置こうとすると、

「だめだ」と短く言うなり、電源を切ってプイッと横を向く。

「どうやって作ったの」

「勘だ」あまりにぶっきらぼうな答えに、村木も切れて、

「そんなけんかごしに言うなよ」と言おうとしたが、気配を消して人を寄せ付けない冷たい姿勢にたじろいでしまった。村木は大きく深呼吸して目をつぶった。冷静さを取り戻して眼を開け

ると、足下にある一枚の紙が目に飛び込んできた。なんと、積分の計算跡なのだ。

「エエッ、なんだって、勘じゃあねえや。嘘だ。高度な数学の駆使だ。でも、どうして彼に積分が出来るの？　彼は中卒だったよな」と難解な数式にいくつもの疑問符が村木の頭の中に生じ、さらに混乱した。

鈴木は横を向いたままである。どう言えばいいのか分からず、何も言えないままグズグズいたが、帰るほかなかった。

鈴木は微積という高度な数学を駆使していたのに、九九を知らなかった。小学三年の九九の授業の時、女の先生に当てられて答を正しく口にしたのに違うと冷笑され、腹を立てて、その後中学卒業まで、算数や数学の授業を一切、拒否したのだという。

それが本当かどうかよりも、正しいと確信したことを否定した先生というものに、鈴木が近付かなくなった原点であって、彼は言う。

「九九を知らなくても勘みたいなもので、計算に不自由しなかった」言わば、「必要は発明の母」であり、電子オルガンを作る必要上、数学がどうしても必要だったから基礎から勉強し直し、積分が分かるようになったのだと。

後に村木が「簡単だから」と教えると、あっという間に覚えたが、それまでは九九が抜け落ちていた。

## 風変わりな応対

我が道を行く鈴木である。どうしてひそやかな自室にある大切な電子オルガンを見せてくれたのか、という疑問はずっと村木の中でくすぶり続けた。モヤモヤし続けたので、鈴木の機嫌が良い日に聞いてみると、

「君を泥棒扱いしたのに責任を感じて、罪滅ぼしから部屋に入れた」と意外な答が返って来た。当時はひんぴんと商品が盗まれたので、父親と話し合い、「何とかしないといけない」と悩んでいたところへ、キョロキョロ品定めする者が入って来る。作業する振りをしながら、怪しい奴めと五感を研ぎ澄ませて油断なく気配を探っていたら、中学の同級生であった。「まずい」と恥じていたところへ突然、作っているものを問われて、照れ隠しから「見ないか」と言ってしまったという。

気まぐれに電器店に入ったら、めったに店番をしない鈴木がいて、こんな成り行きになったとは、当時は知る由もなかった。それで村木は「自分の作った大切な物に、触れられたくないのに触れられて不機嫌になり、人を近づけないスイッチを入れさせた」とてっきりそう思っていた。ところが、鈴木は村木を疑った罪滅ぼしに電子オルガンを見せたのだという。

警官によく職務質問される鈴木だったのに、逆にポリスのようになってしまい、村木を疑った。いつもやられていやだったやり方を、自分がしてしまったことを悔いていたのだ。

「何でそんなことをしてしまったのか」ということに加え、「何で大切なオルガンを他人に見せたのか」という二重の後悔から出た結論が、「この日は魔が差した」であって、これ以降はふだんの彼に戻ったのである。

こういう鈴木である。付き合いが出来て友人になれるわけがなかった。世人をはるかに超えた奇人なのに、何も知らない村木は能天気に、童顔の鈴木をどこにでもいる人間と捉え、「変わっている」とか、いわんや「魔が差して、自分の部屋に入れた」だなんて、頭の隅っこにもなかった。

村木は単純に考えた。「大手メーカーでも売り出してない、電子オルガンを作れるなんて、どうしてなのか」と不思議な感じを持って興味を惹かれた。「中学の同級生なのによく知らなかった。一体、どんな人物なのか。もっと知りたい」と、会いに出かけた村木の勘はそれなりに正しかったものの、順調に行くわけなかった。

初対面をした次の日、ノコノコと店に会いに出掛けた村木だったが、店に姿はない。親父さんに聞くと呼んでくれ、二階から降りて来た。

「やあ、こんにちは」の挨拶にいやな顔もせずうなずく。そこで、「テレビの映りが悪い。どうしてかな」と用意の質問をすると、

「アンテナの向きが悪いのでは。変えてみたら」と真っ当な返事をするものの、その後が困っ

た。口を固くつぐんで黙ってしまい、ボォッと突っ立ったままの鈴木なのだ。

もっと困ったのは、どこを見ているのか分からないことで、鈴木の視線を追いかけて、「こっちに顔を向けているよな」とみなしても、鈴木の視線と合わない。「どこを見ているんだ、どこよ」と探ってみても無駄なのに、こっちを見ている。おかしい。見ているのに、視線がぶつからないのはどうしてなのかと思い、彼の視線と合わせようとしても合わない。やけになって見詰めていると、村木の動きがファッと彼にとらえられ、蛇に見込まれた蛙みたいに、どう動こうとその動きを隅々まで見透かされているかのように身体がこわばってしまった。会話の接ぎ穂を見付けようにも何も出来ず、スゴスゴと帰った。
二、三日置いてまた寄った。だが、鈴木はボォッの応対のみ。「帰れ」とは言わないが、黙って突っ立ち、向かい合う。前と同じでファッと捉えられ、動けなくて窮屈になり、居ずらくなって帰った。
「オイオイ、何だ、この態度は。なんていうことだ。ていのいい拒否か」と村木は頭に来たものの、何でそうしているのか、また何で動けなくなるのかがつかめない。次に行ってもその次に行っても、鈴木は話しかければうなずくが、乗って来ない。無視やプイッはなくても何の会話もないので、向き合っていると、ぎごちなくなって帰った。

「会うのがそんなにいやなら、『来るな』って拒否しろよ」と心の中で鈴木をののしってみても、ボォッという態度だった。珍しい電子オルガンに惹かれて会いに行っても、「会いたくない」のサインをよこして来る。それならさっさと引き下がればいいのに、村木はグズグズと寄り続けた。

いつ行ってもこの態度なので、ついに鈴木を「おかしな奴」へと見方を変えた。でも、「何者だ」という引っ掛かりは消えないでいるうちに、村木の心のどこかに「分かるまでは行くぞ」という意地が顔を出して引っ込みが付かなくなった。店への立ち寄りを続けたが、しゃべるのは一方的に村木だけであった。

「クソッ、そっちがそう出るのなら、どこまでも訪ねてやる」と余計に意地を張った。村木は受験の失敗で目標を失って暇を持て余していた。やることがないまま頑なに立ち寄るものの、店先のボォッとした応対のみで、たまに鈴木が口を開いたと思ったら、

「オレは世間から奇人とつまはじきされている。近寄らない方が無事だぞ」とひたと見ながら澄んだ目で毒突く。「これを警告ととるか、悪意ととるか、どっちだ」と疑ってみても真意は分からなかった。「来るな」という意思表示なのはさすがに分かった。それでもめげずにしつこくしつこく立ち寄ったが、てんで相手にされなかった。

半年もそんな日々が続いたある日。遠目に小庭にいる鈴木をチラッと確認して急いで店に入り、父親に尋ねると、「修理に出ている」と言う。

「エッ、たった今、見たのに」の言葉が出掛かったものの、素っ気ない冷たい言い方にけおされ、「なんだ。計画的な居留守なのか。もう来るものか」と怒りが湧き上がり、「どんな人物か知

りたい」という気持ちが萎えてしまって、数日は立ち寄りを控えた。

「もう彼との付き合いはなかったことにしよう」と諦めが心を占めたのに、ついフラッと立ち寄ってしまった。だが、店に誰もいない。奥にいるのかと覗いても、姿も見えない。

その時だ。急いで鈴木が店に入って来て、鉢合わせした。村木が挨拶すると正面を向く。

「珍しい。いつもと違う。だが、どうせこっちのひとり相撲だ」という覚悟でいると鈴木が下を向いてモソモソする。それから童顔を上げ、

「村木君、なんで大学生の君がオレのような中卒の職人のところに来るんだ。来てもなんにもならないぞ」と低く呻くような声を絞り出す。

「なんでそんな苦しそうな声を出すのか」と一瞬、妙な感じに囚われたものの、内容にはもっとビックリ。「エッ、理由なく来てたのはこちらだと言うのか」と立場が逆転を喰らって天地がひっくり返った。

「何てぇことだ。理解を超える奇人はこっちであって、参っていたのは鈴木の方だというのか。そうか、だから彼は逃げ回り、居留守まで使ったのか」と、胸のモヤモヤがスッと雲散霧消した。

鈴木は村木を疑い、警戒した。これまでの苦い体験が言う。

「オレの技術を盗みに来るのか。いいか、皆におだてられたりはかられたりして、色々な技術を盗まれ、タダで修理をさせられたりしたじゃあないか。人が近寄って来たら、技術を利用しよ

うとする人、盗みに来る人しかいなかった。得るものが無いのに近寄って来る人など、あり得ない」と心の声が鈴木にささやいていたのだった。

こうした経験知を頑なに心に築き上げざるを得ない環境に育ったところへ、日を開けずにやって来る男がいる。ジッと観察したが工学系の学生ではない。技術を探って盗もうという姿勢もない。なのに、毎日毎日来る。しつっこく来る。得るものなんてなにもないのに来る。来る理由や意図が全く分からない。避けに避けていたものの、客でもあって、無視も出来なく応対しているうちにくたびれてしまった。「もういい、逃げ切れない。ここらでやめよう。悪い奴でもなさそうだ。しばらくは泳がせよう」と割り切ったのだ。

決断した鈴木が、唖然とする村木を真っ正面に見据えると、

「もういい」と言いつつ、デカ頭を左右に振りながら、

「二階に行こう」と誘う。

久しぶりの彼の部屋だった。ところが、見廻すと電子オルガンはあるものの、床のゴチャゴチャがスッカリ消えている。この前は化学実験に凝って、買ったものを片端から床に転がしてあったのに。

「この前あった化学薬品や器具はどうしたの」と問うと、

「あれか。全部、叩き割った」とにべもない。

「エエッ、勿体ない」

「終わったからもう用はない。どのくらいの強さで割れるかを、ゴムパチンコに本物のパチンコ玉で打ってみたが、意外としょう強かった。強化ガラスはたいしたものよ。でも、割れる時は派手な割れ方をしたな」

「薬品類はどうしたの」

「あれは倉庫にしまった」と何でもなく言う。

彼の行動はシンプルだった。したいだけの実験が終われば用はなくなり、壊して部屋は模様替えしてあった。改めて部屋を見直すと、整理棚だったところが押し入れベッドに変わり、枕元の上の辺りに棚が二重に仕切られて、カメラや八ミリが幾つも置いてある。どれもが高そうなので、思わず、「あのカメラは高いんじゃあないのか」と尋ねると、

「十万円では買えないな」

「エッ、電器屋って、そんなに儲かるの」

「儲かるわけないだろう」

「じゃあ、どうして手に入れたの」

「貰ってきた……嘘だよ。旋盤の仕事からさ」

言われてみれば電器屋の仕事を手伝うぐらいで、高価なカメラや八ミリを買えるわけがなかった。うかつにも彼の所得に思いが行かなかったがすべて旋盤からの稼ぎだった。

## 強い追求心

鈴木が旋盤技術を身につけたのは、日本が高度成長期に入る前の一九五〇年代の後半であった。それ以前の五〇年代前半には朝鮮戦争という、北朝鮮と南の韓国との戦争があり、北にはロシアと中国、南にはアメリカが付いて、凄惨な戦いが三年間も続いたのだ。

当時、アメリカは戦争物資を本国から運んで来ると時間がかかる。それで日本で作らせた。このことが敗戦でボロボロだった日本の工業の勃興を促して勢いが付き、発展への糸口を作った。それがあって、五〇年代後半になると繊維工業が主の軽工業から各種工業が発達して、重工業への移行が始まる発展途上にあった。とは言え、重工業の大会社は地方都市にはほとんどなかった。だが、それを支える小規模の鋳物工場や鉄工場が多く作られていた。

重工業ではこまごました細工をほどこした鉄部品を必要としたからで、鋳物や鉄に加工を施すために、旋盤やフライス盤を操る一人事業者は全盛期であった。浜松市の駅南地区では彼等を「鍛冶屋」と称したが、鉄を熱いふいごの中に入れたり出したりして、熱くなった鉄をたたいて造作するものを言うのではなく、ここでは旋盤で鉄に色々な造作をほどこす仕事をそう言った。犬も歩けば鍛冶屋に当たるぐらいにいたるところで見られたのは、工業が大きく発展する過程にあったからで、この時期はこうした手作業職人が作る部品を様々な種類の工業分野で必要としていた。多くの仕事が舞い込み、鍛冶屋稼業は活気に溢れていた。

そこに目をつけた鈴木である。電器屋では売れる、売れないは、メーカーの品質に頼る他人任せなのに、鍛冶屋の仕事は旋盤に施す己の技量で品質の違いが出て稼ぎが違う。「これはいい仕事だ」と始めようとしたものの、電気とは異分野の技術である。いくら見慣れた技術といっても、やるとなったら技術習得が必須になる。

どこかの鍛冶屋に通って教わるのが早道であっても、凝り性の鈴木である。満足行くまで教えてもらおうとすると、幾度となく通わざるを得ない。気難しい職人なら「うるさい」と怒り出しかねない。受け入れてくれそうな人の好い鍛冶屋を探し出すということから始まった。

「鈴木には人を見分ける力があった」と言えば、「人嫌いな鈴木にそんなことが出来るのか。言い過ぎだろう」と思われようが、彼にとって人の見分け方とは、「自分に害を及ぼすかどうか」の一点であった。これこそが重要で、「人格を見極める」のとは違った。

小さな頃の鈴木は病気がちで弱かった。外に遊びに出るといじめられる。それがいやで、外に出るのがおっくうになり、接触を恐れる子供になった。「恐れ」をやわらげるには、自分に害を及ぼす人かどうかを見極める勘が大切なことから、人を見抜く嗅覚が養われた。

この勘を身につけた鈴木である。いやがらずに見せてくれそうな人の好い職人を探し回り、嗅ぎ分けた職人は好人物だった。並でない彼のしつこさにもいやな顔一つせず、目の前でやって見せてくれ、基礎的な旋盤の操り方をここで手に入れた。

そして、そのままでは収まらず、どこまでも探究しようとするのが鈴木の真骨頂である。教えられた旋盤技術を身につけてしまうと、もっと技術を磨こうと難度の高い千分の一ミリの旋盤技術へと向い、「よおし、これをしよう」と奮い立った。ところが、この技術がどのようなものかを見たことがない。モノにしている職人を探しまわってみたものの、先の人の好い職人を含め、誰も見当たらない。

足を棒にして探し回り、やっと一人見つかったが気難しく、教えてくれそうにもない。とても弟子にして下さいとは言える人でなかったものの、かたわらにあった旋盤の専門書を見つけ、「これを読めば出来るのか」と問うと、たとえ本を紹介したところで、難しくてこんな若造に分かるわけがないとたかをくくられたのか、見せてくれた。

難解な本であったが、メモして買い入れた。当時、敗戦で復興にかかりきりの日本の旋盤技術は遅れていて発展が覚つかなく、一般的なハウツウ本はあっても高度な技術本はなかった。ソ連や西欧の技術を紹介する学術書しかなく、仕方なく翻訳本の専門書を何冊かを手に入れると何回も読みこんだ。

何とか理解して、千分の一ミリの技術がどのように行われるかを頭の中へと叩き込んで、どうやったらいいのか、シミュレーションをしてから大胆な行動に出た。

中古の旋盤を大借金して買ったのだ。教えてくれる師匠がいなければ独力で技を磨くしかないから、手元に旋盤がなければ技術の訓練も出来ない。「旋盤がどうしても必要」という結論になったとはいえ、当時の旋盤は中古でも高かった。が、借金して買って己を追いこむ厳しい道を選んだ。

ついていたのは、幸いにも売ってくれた老人も先の職人の知り合いで、「年なので仕事を畳むから出来高払いでいい」とおおように言ってくれたが、大借金に変わりはなかった。

ここで役立ったのが、小さな頃から身に付けた鈴木のやり方である。引きこもりで他にすることもなく、電気器具をいじっては潰し、また作り直すのを飽きずにやってきた鈴木である。面白さから没入して楽しさを見出したら、難易度が高くて誰も出来ない技術に出会っても、逆に挑戦の気概がムズムズ頭をもたげる。厳しいとか大変などという思いは頭の隅にもなく「知識をもとに実践を繰り返して問題点を洗い出し、何回もやり直して自分のものにする」という技術習得における基本に忠実なやり方を知っていた。地味ながら、ハードな特訓をやり出したのである。

単純な繰り返しである。何でもないように見えても毎日続けるとなると厳しい。一つは繰り返しで、飽きが来る。もう一つは特殊な技術には困難が付きものだということだ。壁に突き当たれば腰が引けるのに鈴木は逆で、立ち向かう気概があった。試行錯誤は数え切れないほどあったものの、ついに千分の一ミリの技術を独力でモノにしてしまった。

誰もが出来る技術ではない。特殊な技能を難なくこなす鈴木の技術力は高く評価され、作業料金は時間で千円以上という当時では別格に高いものであった。

当時の大卒の初任給をご存知であろうか。発展途上にあって一年毎にかわるのと、企業によって幅があって一概には言えないものの、地方の会社だったら、精々、月給一万円ぐらいがいいとこだった。大企業で高給取りと言っても一九六〇年では、大卒の初任給が二万円に届くサラリーは稀な時代であって、彼の技能料金は素晴らしく高額で割りの良い仕事の域をこえた。

お金が必要になれば千分の一ミリの仕事へと走り、欲しい薬品や電子オルガンの材料だけでなく、新型の高級八ミリやカメラにも触手を伸ばし、新製品が出たというとたちまち購入した。

貧乏学生の村木にすれば、羨ましい限りでとても金持ちに見えた鈴木なのに、懐には一銭も残らなかった。彼独自の哲学から欲しい物があれば目的に使い切ったからだ。

「あの頃に金を貯めていたら億単位の金持ちになって、今頃、左うちわだったのになあ」と意地悪く村木が言うと、

「いや、オレは後悔しない。いいかい、あの時代にやりたいことが出来たんで、今のオレがある」と自信を持って言いきった。目的があるから一生懸命稼ぐが、稼いだら全てを技術習得や自分のしたいことに思い切り使いきった。

これこそが気概ある鈴木の個人的な部分で言えば、「技術進歩をすること」で、引きこもりで不安定になりやすい心を安定させることが出来て、彼にとっては古き良き幸せな時代でもあった。

## 世俗嫌いと幼女

ある時、突然、鈴木から、「オレが籠りがちなのはどうしてか。ミイちゃんにしか興味を持たない異常さは何処から来るか」の告白をされ、「エッ、心の闇である異常心理の悩みをこんなにも正直に吐露されるの」と村木は困惑した。ミイちゃんとは旋盤を習いに通った師匠の娘だった。

「どうしたらいいのか」と問われても答えようがない。村木が下を向くと、鈴木はさらに、「どうしてこんな風な人間になったのか」と深刻な表情で追いうちをかける。村木にしたら、そんなことを聞かれても難しくて答えようもなく、「分からない」と正直に言うと、「その類の本を知らないか」と訊いてくる。村木は、たまたま思い浮かんだフロイトの全集を紹介すると、三十巻近くある全て買って来て夢中になって読み出し、じきに読み終えると、「こんなに面白い本はない」と興奮した様子であった。鈴木にしてみれば自分の為になることを言ってくれた人なんていなかったのだろう。このことが「村木は役に立つ相談相手」と考えるようになる切っかけになった。

これまでは人を拒否し、心を閉ざしていた鈴木なのに、試しに石を池に投げてみたら予想もしない波紋が拡がったごとくのヒントが村木から自分に返って来た。

村木は苦し紛れに答えたもので、とても自信はなかった。心の闇から来る悩みの告白をされるまで信頼されても、応えられるものなんて何も持っていない。「ここまで信頼してくるのか」と怖くなって逃げ出したくなり、「どうしてこうなるのか」と考えに考えて行くと、その彼の振るまいが、信頼したらトコトン信じきる幼児の態度に似ているのではないだろうかと気付いた。

そうであれば幼女を愛するのも不思議ではないと納得したものの、幼女に異常に惹かれる理由は分からない。心の問題なので立ち入れなく困っていると、それを感じたのか鈴木は自らの体験にもとずく独特の見解を言い出した。

幼児の頃だという。三歳違いの妹が生まれ、無性に可愛がったのに、二歳になる前に突然、亡くなった。余りに急な消え方なだけに、小さかった彼の心に突き刺さって処理出来なく、トラウマになったのではないのかという。

妹を亡くした寂しい心が余程、強かったのだろう。妹が墓場に埋められていると教えられ、そこに行けば妹に会えると考えたのだ。

終戦間もない当時は土葬である。時おり雨の後は燐が薄青く燃えているのを見たが、それが死人の魂だと教えられ、妹の魂に会おうと夜の墓場通いが始まって、一晩中、墓場でいるのが度々あったと。

皆が恐れるボウッと燃える光を見ようと、見えるまで待とうとした。そこまでして妹の魂に会いたがったが、後年、薄青い光が死体から出るのが燐なのを突き止めて、がっかりもしたと。村木との付き合い始めの頃も、夜の墓場通いの習慣が抜けなく、墓場によく行きたがって、時に村木も付いて行ったが気持ちは良いものでなかった。

兄弟はそんな所に行って会えるわけがないと彼を馬鹿にした。親も同じだったが、彼は会える気がした。妹の魂がここにはいるようで、彼女とどうしても一緒に居たかった。そこで皆が寝静まった頃を見計らって、墓場に来て妹の魂との交流を必死に試みた。

彼は思い込んだらずっと続ける性癖を持っていたが妹の死でも同じで、寺通いをずっと続けた。そのせいで、時に会う和尚とも知り合いになり、八方睨みを教えてくれる師匠にもなった。目を直視するのでなく、眉間をジッと注視すると見ているようでいて見ている風でないのに相手は全てを見られていると感じると教えられ、最初の頃の村木に適応した。ボォッの応対がそれであって、だから動くに動けなかった。可笑しな振る舞いをする鈴木の一部の謎が解けたものの、夜の墓場通いをどうしてするのかの理解は出来ない。その上、幼女への傾倒がいくら二歳で亡くなった妹の死から来るトラウマだと言っても、理解を超えていた。

寺については、最近のことだがこういうことがあった。

先日、鈴木が脳梗塞を起こし、少し不自由になった。そこでリハビリを兼ねて一緒に歩こうと村木がいうと、寺に行きたいという。鈴木について行き、楠の大木の下にやっとの思いで到着すると、爽やかな風が頬を撫でて行った。軽い脳梗塞で上手く左足が動かないのに業を煮やすことはあっても、ここに来ると精神が平らかになると独り語りに彼は言い出した。

——ここは昔はよく来たが、今は変わった。昔の面影として残ったのは楠の大木しかないのは寂しい。まだ五歳にならない頃、よくここにきていた。当時は荒寺で、本堂もみすぼらしいものだった。でも、戦前は大きな対の仁王様が睨む参道付きの大きな敷地と豪壮な建物を誇っていて、浜松ではもう一つの寺とここが有名だった。だが、米軍の焼夷弾と艦砲射撃をくらった浜松である。中心街の建物がことごとく跡形も無く消えてしまったように、米軍の砲撃で壮大な寺は焼けてしまい、残ったのは鐘だけで鐘楼は燃えてしまった。

砲撃と爆撃は、この寺の近くに中島飛行機製作所があって、戦闘機の隼を作る場所でもあったからだろう。今は寺の住職も変わり、全く知らない別の寺の和尚が来たらしいが、鈴木は会ったことはない。ボロ寺だったときの和尚は穏やかで包み込むような人だったという。

## 二　スラム街の楽しみ

### ケンと鈴木

村木は言う。意固地で人嫌いで機械と幼女の純粋さを愛でて人を近づけない鈴木であっても、仕事上、つき合わざるを得ない人が二、三いた。中でも二歳下で若者のケンは鈴木を慕っていて、崇拝に近かった。スラム街に隣接する鉄工場に勤めていて、千分の一ミリの仕事を鈴木に持って来る役目をする純朴な若者で、心から彼を尊敬していた。一方、鈴木は鈴木で人の好いケンを可愛がり、面倒をよく見た。他人にそうする彼の姿なんて見たことがなく、珍事と言ってよかった。心底気に入っていたんだろう。

村木に言わせれば、ケンは知人とか仲間とかというよりも子分に近かった。頼めばすぐに飛んで来て何でもやってくれたからで、つい、村木がからかって、

「ケンは鈴木の子分だなあ」と言うと、

「オレは子分なんて持ってない。ヤクザじゃあ、あるまいし」と怒り狂ったが、はたから見たらどう見たって子分だった。鈴木の言うことなら、何でも「ハイ、ハイ」としてくれる二歳下のケンは鈴木を「兄貴、兄貴」と言って崇拝し、心から尊敬の念を持つ生真面目な若者で、ミイちゃんに次いで店によく来ていた。頼めば何でもやってくれたが、ケンを利用するようなことは鈴木は一切しなかった。えげつないやり方で利用された経験を持つ彼にすれば、そうした類いの頼みをするのは考えられないものの、逆にケンから頼まれるとイヤと言えなかった。

こうしたケンとの親密な関係が事件を引き起こした。

ある日、旋盤の材料を持ってケンが店に立ち寄ると、出て来た鈴木の姿を見て呆然とした。頭から顔まで白い包帯のグルグル巻きの包帯人間のようで、目はかろうじて見えていても表情は見て取れない。「何が起きたのか」言葉を失い、気をもんでいると、

「火薬の調合割合は変えない方が無事だな」と包帯でよく口が動かないくぐもった声で平然と言い放った。「火薬」の言葉を聞いて、アレのことかとケンはすぐ悟った。というのも、この件のきっかけはケンにあったからだ。

当時、糸川博士のロケットが全国的に有名になり、ケンの通う定時制高校でもロケット作りが流行った。触発されたケンもロケット作りを試みたものの、技術不足でにっちもさっちも行かない。どうやっても作れなくて、鈴木に泣きついた。

頼まれた鈴木とて、ロケット作りをやったことなんてあるわけない。断ろうと口を開きかけると、察したケンがすがりついて泣きそうな目で頼んで来る。

可愛いケンのたっての頼みである。むげに断れなく、仕方なくケンが置いていったロケット製作本を読んでみると、何のことはない。拍子抜けするぐらい簡単でロケット本体を旋盤でサッサと作り、ケンの働く鉄工場に持って行くと喜んでくれたまでは良かったが、

「本当に使えるかどうかは飛ばさないと分からない。火薬を入れて試してみたい」

と甘えた声を出す。面倒なことを言い出したなと、

「今やり出した試作品がある。暇もないし、時間が欲しいから出来ない」と鈴木が断ると、ケンがポロッと涙をこぼした。というのも、ケンは友人に「俺は電気科でも、仕事上、技術があるから作れる」とホラを吹いてまわったからで、引くに引けなかった。鉄工場の同僚達の目もあって、泣きべそ顔のケンを放って置くわけはいかない。

「仕方ない。作ろう」と持って帰ったものの、鈴木は火薬作りなんてやったことがない。どうしようかと思いつつ頭をめぐらすと、化学実験時に参考にした兄の高校の化学の教科書が目に入った。

「そうだ、化学実験を始めた時だって、何も知識がない所からだったじゃあないか」

そうなのだ。あの時も鈴木は、最初は苦労しながら、教科書にある化学実験を忠実に再現しようとやってみたものの、いくらうまくいっても、もう一つピンと来ない。納得出来ないものが幾らでも出て、どういう理由でそうなるのかが分からない。

「経験も知識もないからなあ。電気だったら触れてみれば、アッ、百ボルトはこれぐらいのものか。もっと強くなれば、ここまで痺れがくるのか」という実体験から危険性を知ったが、例えば硫酸が危険だと書いてあっても、どの程度の危険なのかを知りようもない。薄めるには水に硫酸を徐々に加えるのはいいが、硫酸に水をたらすと硫酸が飛び散って危険とある。

「フーン、硫酸はふれると恐ろしい物なのか」と分かっても、どのくらいの危険性があるのかという記述はどこにもない。どういう危険があって、何が危ないのだろうか、という疑問がふくらんだその時だ。フッと、「そうか、電気と同じやり方でやれば分かるんじゃあないか」とひらめき、とっさに机に硫酸をたらして、手でソッと触れてみた。

「やっぱりな、硫酸はすごい。手が焼けただれてしまった」とケロッと村木に言ったことがあった。電気の実験に似て、自分の腑に落ちる所まで試さないと承知しない鈴木だったのだ。

鈴木流のやり方へと行き着くことになったものの、彼とて一般的なやり方にはそれなりの理由があることとぐらいは分かっているが、根本を知らないと応用が効かない。電気での実体験にならい、火薬作りだって同じやり方をしていけば何とかなるのではとやり出した。

電気と同様、基本的事実を知るのが重要なので、そこの実験から出発した。兄の化学の教科書にある黒色火薬を作ろうと、原料の木炭、硫黄、硝石を手に入れると、高級天秤で慎重にはかってからすり鉢で潰すと調合し、ロケットに込めて打ち上げた。ところが、威力不足でろくに上がらない。

「こりゃあ、だめだ」と塩酸カリウムを加えてみてもまだ弱い。力不足のままだ。どうしたらいいのかと悩んだ末に、調合の割合を大胆に変えて混ぜ始めた。なのに、威力のある火薬は出来ない。

「クソッ、やってやる」の精神に火がつきはしても、教科書には「調合割合は守りなさい。守らないと爆発の危険がある」との表示がある。それでも鈴木は止まらない。原点に立ち返って走り出してしまった。

彼流の一から納得する体験型へと突き進み、大胆に割合を崩して実験をし始めても、一向に満足行く効果が得られない。

「何だなあ。これじゃあだめだ。仕方ない。爆発させるまでやってみるか、そうすれば限界の比率が割り出せる」と、わざと爆発させてギリギリの比率を探ろうと、大きく調合割合を変えて爆発をさせた。

これぐらいの弱い原料なら爆発させ、ギリギリの比率を求めてみても危険は少なかった。赤瀑を足しての試し爆発でギリギリの比率を求めてみても問題は起こらなかったが、高く打ち上がらない。

腹を立てた鈴木は、酸素を多く持つクロレートソーダなら燃えやすいと踏んで調合鉢にぶっ込み、混ぜ合わせ始めてすぐだった。

突如、轟音を発して火薬が暴発した。とっさに顔を伏せ、目をつぶったものの、顔中火ぶくれの水泡で膨れ上がり、頭髪はあらかた燃えてしまった。爆発したら目が危ないとゴーグルをかけていたので、ガラスが割れてしまっても目は大丈夫だった。診察した医師から、

「奇跡だ。奇跡だ。よく目が潰れなかった」とつぶやかれたが、鈴木にすれば想定内の出来事だった。

この包帯姿を見たケンは、恐れおののき、

「もう、いいです。止めて下さい」と懇願したが、鈴木は無視する。大怪我をすれば諦めるのが普通であるのに、「失敗は成功のもと」と再び火薬作りに挑戦し出した。

傷が癒えるまでに色々な腹案を考えてあったからで、その一つに「爆竹や競走用ピストルの黄色火薬をプラスしたらいいのではないか」という考えから黄色火薬に狙いをつけた。買って来る

と鈴木は、暴発を防ごうと霧吹きでそっと湿らせてから、濡れた薄い上紙をピンセットで注意深く剥がして火薬を取り出し、これまでの火薬と調合してロケットに込めて打ち上げてみた。

かんしゃく玉の弾ける強い音をさせてロケットは勢いよく飛び出し、かなり高く上がった。が、満足の行くものとは行かない。さらに火薬を多くして海岸に行って打ち上げてみると、高く上り、ケンも大いに満足した。

この実験には次のエピソードが続く。

成功の余韻にひたってホッとしていると、ケンから極小のペンシルロケット作製の話を聞いた。極細なので難しく、なかなか作ることが出来ないといううわさがあると言われた途端、鈴木の挑戦魂に火がついた。得意の旋盤技術を駆使して細いロケットと打ち上げ用の補助筒を作り、火薬も調整して、ロケットを補助筒に入れて打ち上げてみた。すると、何のことはない、思ったより上手く上がった。

「何だ、それほどのものではなかったな」と、気が抜けて家に持ち帰り、小ロケットを鈴木が自室でもてあそんでいると、部屋の鴨居の縁をネズミが走った。

当時は部屋に土壁があって、上下を区別するために鴨居で分けていた。今では土壁もなくなって工法が違い、クロス張りか、板壁なので途中での区切りが必要でなくなった。また今では外とのすき間をなくしたが、この時代ではエアコンがない。夏の暑さをしのぐにはある程度のすき間が必要だった。そのせいでネズミも侵入するし、大きな青大将がネズミを追って鴨居を追い掛ける姿も珍しいことではなかった。

「いつも走り回る、うるさいネズミ」との思いから、いたずら心をおこした鈴木が、ネズミを脅そうと、筒の中のロケットの導火線にライターで火をつけ、筒を鴨居にいるネズミの後ろの辺りを狙って打ち上げた。

するとと、なんとネズミはその時に限って反転して来て、あり得ないことに気の毒にもロケットに当たってしまい、両者ともバラバラになった。

「まさか、当たるとは思わなかった。脅しの打ち上げだったのに。ネズミが踵を返して来て当たりバラバラになった。こりたよ。ロケット作りはやめた」と言い訳を言っていたが、これは表向きのもので、もっと重大事件が起きた。

試作品の極小ロケットを作り上げ、筒の中に入れて近くの寺の森で打ち上げしていたのをヤクザが見ていて、何かの武器に使えると誤解して接触してきた。

鈴木にすれば、いくら近隣に音が響いたとしても、爆竹が爆ぜる音である。たとえ聞こえていても金属を叩いている音にしか聞こえない。ロケット音だとは気づかないはずだったのに、特殊な嗅覚を持つヤクザが感知して、「作ったロケットを売れ。なければ、今からロケットを作れ」と脅してすごむ。

だが、鈴木はシラを切った。もし子分のケンのことを言えば、もっと面倒なことになる。全否定をするしかないものの、生半可な連中でない。いくらシラを切っても承知しない。

「それなら、警察にたれこむ」と脅して睨むが、突っぱねた。

二、三日経つと、警官が尋ねて来た。ヤクザが素人を装って警察にたれこんだらしく、二度も警官が鈴木を探りに来て、

「ここで変な音がすると近所から苦情が出ている。何をしているのかね」と慎重に探りを入れながら様子をうかがい、問いかけるが、

「何もしてない」と、シラを切り通した。

「ヤバイな。もうこりごりだ」と言って、鈴木はプッツリとロケット作りはやめたが、威力があって高く上がる様子を、村木も見た。

## スラム街での鈴木

ケンの頼みは断れなくて無理を押してでもやったものの、人づき合いを避ける鈴木である。子分のように慕うケンにも深入りは避けた。たとえ旋盤の仕事が急に欲しくなってもケンに頼んだりはせず、自分でとりに行った。ズブズブの関係にしたくなかったのと、そこに行ってスラムをぶらついて、息抜きが出来る楽しみがあったからだ。

当時の浜松駅南周辺は他の都市と同じように、戦争時にアメリカから艦砲射撃と焼夷弾を投下されて焼け野原になっていた。戦後は復興したものの、駅南は無計画に街並みが作られ、ゴタゴタの未整備地域の典型であって、新幹線が通るまではお世辞にも街並みが綺麗だとは言えなかっ

た。

最たるものが敗戦後の焼け野原に作られたスラムである。焼け出されて行き場を失った人々が南駅近くに空き地を見付けて安直に建てた掘っ立て小屋みたいな家だった。そうした家々が狭い所にひしめく区域だったが、次第に東へと拡がってスラムを形成し、たくさんの人々が肩を寄せ合って暮らす街を作った。

敗戦後十五年が経ち、改良が施される家もボツボツ出たとはいえ、大半のトタン屋根は赤サビがふいてボロボロだった。元々が古トタンを使用している上に補修に際しても古トタンを重ねたからで、軒先も互いにお辞儀をし合うように低く、汚れも目立つ家並みが東へと拡がっていた。

鈴木が中学生の頃の一九五〇年代では、知人がスラム街を抜けたへりに住んでいて用事で時に行かされた。教えられた通りにスラムの狭い路地をたどっているのに、途中で道が分からなくなるほど混雑がきわまっていた。

一九六〇年に入り、やっと本格的な発展に至る道に踏み込んで、大きな芽を膨らませ始めていた。本物の上昇軌道にボツボツ乗る気配を見せていたものの、一般的にはほとんどの人が貧しく、食事は一汁一菜という慎ましやかな家庭が大半であった。肉や魚がふんだんにある現代の豊かな食卓にはほど遠く、住まいにしても貧弱な安普請がほとんどだった。着る物も粗末なものをはおる貧相な生活であって、現代とは比べものにならなかった。

この頃の状況を鈴木はよくこう評した。

「こんなオレでもそうだったが、貧しくても、将来への夢があった。新たな物を作ろうという希望を胸に秘め、皆が皆、何かしらの夢を持ち、貧しくても活気がみなぎっていた」

一九六〇年の駅南地区には旋盤の一人業者の「鍛冶屋」や鋳物工場、鉄工場が雨後の竹の子みたいに顔を出し、街は活気に満ち溢れ、いたる所から工場の機械音や建設工事の槌音が響いて活況を呈していた。往き来する人々の目は輝き、貧しくとも生き生きしていた。

ケンについて鈴木も初めは旋盤の仕事を持って来る役目の男としてしか見ていなかった。家庭の事情にはつとに関心がない鈴木なので注目もしていなかったが、電気のことをいろいろと熱心に聞いてくる。真剣な眼差しで目を輝かせるので、可愛くなっていろいろと教えていた。

ある日曜日、いつものようにスラム歩きでブラブラ行くとケンに出会って驚き、「何でここにいるのか」と聞くと近くに見えるのが彼の家だという。スラムでは時に新しく改築が施されたが、その一つがケンの家で、スラムの中ではましな方だった。とはいえ、大半の家は以前と変わりなく、貧しさは拭えなかった。事実、ギシギシ、詰め詰めの低い家々がひしめいて、すき間などどこにも見当たらなかった。なのに、そこを縫うように幾筋も走る狭い路地があった。

プランがあって作られたのではない。継ぎ足し継ぎ足しで作られた出たとこ勝負のものである。次にどこでどう繋がって行くのか、見当がつくはずがない。

こうしたでたらめさをケンはいやがったが、鈴木にすれば迷うような迷路を歩いて行くと次にどう行こうかと考える。すると、いつも使うのとは別の脳が働き、心が解放されたようになって楽しかった。言ってみれば、歩くうちに巨大な迷路に迷い込んで方向感覚を失うのがかえって心地良く、ここがかけがえのない空間になっていたのだ。

スラムを走る路地は狭いのが当たり前で、広いのは稀だった。張り巡らされた路地の大半は、ブラブラと呑気に歩けるようなものではない。極細の路地ともなれば低い軒が両側から迫り、体を横に向けないと行き交う人とすれ違うことが出来ず、なかにはどこから見たって路地は途切れていたが、路地を愛する鈴木にすればそれでも立派な路地であった。

問題は気をつけないと低い軒先に頭をぶつける。でも、腰をかがめながら通り抜けるスリルがたまらなかった。そうはいうものの、腰を曲げる低い姿勢を続けざるを得なくて体力が要り、界隈を一回りすれば疲れてしまった。なのに、路地無き路地を行く鈴木にはここが解放区だった。

ケンは逆だった。真剣にここから抜け出したいと思った。汚くて狭くてゴミゴミして救われない場所をなんで鈴木が好きなのか、どうしても分からない。ケンカごしに、「どうしてここがいいのか」と強く反論をされ、鈴木は目を丸くした。「そうか、住んでるケンは、もっと綺麗なところや広い家がいいのか」と分かり、それからは何も言わなくなったが、その時にケンは親と兄がヤクザ稼業の貧しい家庭であったことが分かった。

こうした家庭はこの辺りでは珍しくはなかったものの、中学を出るとケンは働かざるを得なくて職に就いた。兄のようにヤクザになるのを嫌い、父親の反対を押し切って定時制工業高校の電気科に通った。一人前の電気技師になってここから逃れたい、兄とは違う人になりたいという思いを伝えられた鈴木にしてみれば、ケンは何処か自分に似た親近感を感じさせられ、ケンをもっと可愛がるようになった。

ただ、スラムについては意見が違った。汚い街でしかないと思うケンと、日々、試作品に没頭して疲れ切った頭を洗い流してくれる場所とみなす鈴木とでは、考えには大きな差異があった。

鈴木にすれば、ここはちっぽけな家々が乱雑に詰め込まれ、カオス（無秩序）の塊に見えても、コスモス（秩序）を感じたからだ。ドロドロしたカオスに見えても、エネルギーに溢れる人々のパトス（情念）が底に潜んで流れ、「血の通う温もり」があって暖かかった。人見知りする彼さえも包み込むような懐の深さがあり、ケンが逃げ出したい気持ちが理解出来なかった。

鈴木にとってはスラムは楽園であり、気をつかわなくて素のままで歩ける格好の癒やしの場であった。ゴチャゴチャした路地でも、子供が大声ではしゃぎまわる傍で、粗末な丸椅子に腰掛けて老人達が笑顔でおしゃべりをする。彼等は彼等であって、こちらはこちらで、放っておいてくれたからだ。

何回も何回も来ているうちにスラムの地図は鈴木の頭の中に入るようになり、どこに何があってどの経路をたどるのが最短なのかを瞬時に描け、今のナビのように目的地に易々とたどり着けるまでなった。ここまで入り込んだのは、鈴木が電子オルガンの試作を始めたからで、頭を休める場所が必要だったのだろう。

## 歓楽街のヤクザと娼婦

南駅東周辺はゴチャゴチャのスラムがひしめいていても、駅の真ん前となると、地の利を活かした商店街や花街があって、景色が変わった。駅で乗降する人々をあてにした商店やパチンコ屋や飯屋、飲み屋があり、もっと南に下ればバーやクラブ、また小さな置屋が切れ目なく続く歓楽街も形成されていた。

いずこの花街も命が宿るのは夜である。闇のとばりの訪れには間がある黄昏時にでもなると、駅の西側をどす黒く流れる狭い川の西側、堤防沿いに列をなした一杯飲み屋の屋台の覆いが取られ、提灯に火が灯る。すると、これを夜の先触れにして、待ってましたとばかりに三々五々と人々がやって来た。

とっぷり日が暮れれば、賑わいは派手派手しい駅南の歓楽街へと移る。若い女性の呼び声とケバケバしい色とりどりのネオンが咲き乱れ、それに惹かれて集って来た人々で通りはごった返す。いつの間にか人々に埋め尽くされ、人いきれムンムンの賑わいになって活力をみなぎらせ、場末の猥雑な花街へと顔を新たにした。

ケンはここも毛ぎらいした。鈴木も同じで修理の用事で来るが、昼の姿となったら見られたものではなかったからだ。夜の闇に包まれて小綺麗に見える店でも、昼の明るい日差しに照らされたらみすぼらしい佇まいがまる見えで、どうしてこんなところへ人々が来るのだろうと思える貧相な場所だった。

貧しい時代であっても、表の顔の駅北は昼でもきれいに見えた。だが、これはこれでお澄ましの虚栄そのものの薄っぺらさがあって、鈴木はきらった。駅南が闇の帳とネオンの光とが織り成す虚飾の吹き込みで命を得ているのに対し、駅北は背伸びして表面をきらびやかな虚飾で装っていた。南と北とでは大きな差異があるように見えても、虚飾を剥ぎ取ればどちらも何の変哲もなかった。

そうは言っても、南の花街にすれば夜の漆黒に包まれるのを今か今かと待っていた。真の闇が訪れれば、ケバケバしいネオンの瞬きが漆黒の暗闇を切り裂き、人々に目潰しを喰らわせ惑わせたところへ、女性の嬌声と厚化粧の匂いという二重の味付けが施されて、花街が息を吹き返したからだ。

こうして命を与えられて本来の姿を現した花街へと引き寄せられる人のなかには、金も持たない冷やかしだけの者もいたが、大部分は稼ぎが少し良くなって小金を持ち始めた小さな成功者達であった。敗戦の極貧に見舞われて何も出来なかったうっぷんを晴らそうと繰り出す彼等である。エネルギーに溢れ、虚飾であろうがなかろうが、己の欲望に従って爆発させる勢いにみち、夜毎の歓楽のパワーを復活させる力を持っていた。

こんなのは虚飾でしかないとか、一時の気晴らしの乱脈な活力だと悪口を言われようが、溢れる人いきれと闇に輝くネオンとが混じり合う猥雑な盛況が生きる力の源になり、敗戦国日本の再生を告げる雄叫びにもなった。ケンも鈴木もそうした空気を吸っていて、いくらきらっていても時代からエネルギーを貰って生きていたのだ。

良い悪いは別にして、足を踏み入れるには危険過ぎる個所もあった。歓楽街と一口に言っても駅から南へと延びる商店街を抜けて南へもっと下ると、娼婦置屋や連れ込み宿が軒を連ねる一郭が現れる。昼は問題なくても夜は危険この上ない地帯なのだ。一九五八年の赤線禁止法で娼婦街が違法になったのに、「ステッキ」とかの名を変えては商売が続けられ、素人が手出し出来るような場所ではなかった。

いくらこの界隈に慣れっこのケンや鈴木でもここを夜に歩くのは躊躇したが、顧客からの修理依頼があれば鈴木は出かけざるを得ない。中でも危険エリアは駅の西側を南北に流れる幅十数メートルの悪臭漂う川のコンクリート堤を南に下った東岸で、薄暮になるといつの間にか集って来た娼婦達が橋を中心に南北に連なる堤にもたれ掛かって所在なげに立ち並ぶ「立ちん坊」のあだ花が咲き誇った。

一歩でもそこへ足を踏み入れれば客待ちの女達の餌食になり、少しでもちょっかいを出したら最後、連れ込み宿に押し込まれて有り金全部を取られた。

鈴木はボサボサ髪の童顔である。中学生か高校生に見られ、客引きに引っ掛かるようなことはなかったものの、すっかり日が暮れた中、修理を終えて橋をブラブラ渡って来ると、暇な娼婦達が彼を見つけて駆け寄り、前に立ちはだかって、

「ねえ、坊や、遊んで行かない」と、からかって来る。中にはキスして来たり、ボヤッと歩く彼の前に素早く立つや股間の大事な所をギュッとつかんだりする。暇な彼女達には打ってつけのオモチャなので、からかおうと寄って来ても鈴木は拒否反応を示さなかった。

大人の女性をひどくきらっていた彼である。なのに、

「仕方ねえよ、あいつらは働かされ続けて疲れてるから、こっちを子供だと思い、格好のオモチャにしたのよ」と意に介さなかった。

「でもな、あいつらは本当はすごい。最も危ない女は立ちん坊の中にいる目を見張るような美人よ。遊びにきた奴等はそいつが一番先に目に入る。言い寄ると連れ込み宿に連れて行かれるが、部屋に入るなり別のブスが待っていて入れ替わる。美人局《つつもたせ》だな」

客が文句を付ければすぐに怖いお兄さんが隣部屋からゾロゾロと出て来るという仕掛けがあるのを鈴木は知っていた。

こうして夜には昼とは別の顔に変身する猥雑なエネルギーに溢れる駅南が中学の学区の一つであったので、同級生には娼婦を雇う連れ込み宿の周辺に住んでいたり、中には既にヤクザの組バッチをつけたりしている者もいて、界隈の何処もがヤクザ全盛の混沌とした時代であって、猥雑な無法地帯のただ中で中学生活を送っていたのに奇妙なバランスがあった。

というのも、鈴木がブラブラとこの界隈近くを歩いていると、時に三下ヤクザになった同級生

に出くわし、「悪いなあ。今、シケてんだ。ちょっと金貸してくんないか」と金をせびられる。といっても、強圧的な恐喝ではなく、「金はないよ」と財布を逆さに振って見せれば立ち去る類いだった。気分良いものではなかったにせよ、逆に彼に助けられたこともあった。南駅に近い神社で秋祭りが開催された時のことだ。芝居小屋がかかったので鈴木が後ろでケンと一緒に立って見ていると、チンピラ二人がやって来て挟みこみ、「こっちに来い」と暗がりを指す。

ケンと顔を見合わせ迷っていると苛立ち、「こっちに来いというのが分からんか」とすごむ。

「まずいな、ドスを持ってる可能性も高い」と参っていると、同級生だった三下ヤクザの彼が地回りでやって来て、「やあ、元気か。何だ、ケンも一緒か」と明るく挨拶を寄越す。

だが、こっちはそれどころではない。生返事で言い淀んでると、取り囲むチンピラ二人の異様さに気付き、「何だ。こいつらは」と奴等へあごをしゃくる。

「こっちに来いと言うんだ」と訴えると、

「何だとお、お前等は何奴だ。連れに何をしようってんだ」とブルッと頬を震わせて怒った彼は「こっちへ来い」と連れて行かれる妙な展開になった。

チンピラ二人は彼の顔を見知っていたのか、それとも胸にさん然と輝くヤクザの組バッジに恐れをなしたのか、顔は土気色になり、怯えから膝をガクガクさせていた。

時代が時代である。敗戦の痛手から人々がやっと余裕を取り戻しても、貧しい混沌とした世の中にはヤクザがのさばって仕切り、無秩序地帯がそここにあった。だが、幸いにも生活領域が重ならないのもあって、将来への希望や夢を持った人々は生活の向上を目指そうと落ち着きを取り戻し、穏やかな生活を送っていた。そのせいか、ゴチャゴチャの猥雑さにあふれた中学生活だったのに、鈴木は不思議と混乱や不安を感じなく、特殊な時代だなんて思いもしなかった。

## 古道具屋の店主

鈴木がスラムをうろつき出して間もなくだった。いつものようにスラムを歩き回ったものの、物足りなさから足を伸ばして歓楽街を通り抜け、踏み切りを渡って右に折れた。

線路沿いをブラブラ歩くと、「古道具屋」とある看板が目にはいる。無造作に古木を割った荒々しい表面に力強い墨字で書かれていて思わずみとれ、誘われるように足を踏みいれると、こぢんまりした店内なのに、古道具類を山積みした様々な塊が所狭しと置いてある。

「こんなにもあるんか。もしかして、埋まっているものの中に掘り出し物があるかも」と探りつつ、興味津々で物色していると店主が傍らに来て、古道具の由来を話し始める。江戸物の古道具類が多い店のせいもあって、江戸について相当な知識がある人だなと感心して、つい、話し込んでしまった。鈴木自身が江戸文化に興味を持っていたのもあって、店主とは波長が合った。

鈴木が中学生の頃だった。

漫画もまだ発展途上にあった時代で、「鉄腕アトム」に心をときめかせたが、それよりも江戸物に興味を持った。

古本屋にブラリと立ち寄った時だ。安売りコーナーに簡単な絵に言葉の書き込みがある黄表紙を目にした。ペラペラめくると漫画みたいに取りつきやすい。崩し字も何とか見当がついて心に響いて面白い。なかでも花魁《おいらん》の住む傀儡《くぐつ》の世界や庶民の生活に、風刺の効いた諧謔が加えられ、引きこもりの鈴木の心に響いた。

三冊も買い込んで読み出したものの、崩し字は読み取るのに難儀した。だが、慣れてくれば分かって面白い。粋な面にも引き込まれて次々と読みこむうちに『嬉遊笑覧』を読みこむまでになった。

この分厚い本は、江戸についてのあらゆる慣習や物を解説してあった。ところが、目次や索引がない。どこに何が書いてあるのかを見つけるのが難しい。ところが、鈴木はいつも手にして読んでいるうちに、どこに何が書いてあるのか分かるようになっていた。

この時もつい、『嬉遊笑覧』にあるキセルの話を店主にすると、

「そこまで知っているのか」と感心され、江戸にくわしいのならと江戸物のすごさや品定めの仕方、楽しみ方を丁寧に教えてくれ、古道具の良さがどこの辺りにあるのかを目覚めさせてくれた。

店主と急速に親しくなった鈴木は行き先の一番手に躍り出た。気に入った人物になら、言われなくても壊れたものを鈴木は直してしまう。古道具類は古いものだけに、付け具合の異常や少し

壊れた所があるものが多い。見つけると目の前でいとも簡単に直す卓抜した技能を目の当たりにした店主は目を見張り、鈴木を高く評価して、さらに親しくなった。

江戸物に目が高くなった鈴木は凝り性でもある。暇が出来ると通う常連になり、手に入れたお宝は沢山あったが、なかに時代ものの長キセルが幾本かあった。

惚れ込んだモノである。最初は年季の入った長キセルを収集していたがそれに飽き足らず、キセル入れや両提げかますや小型の煙草盆、象眼の物入れといった、どれもが江戸の職人気質が作り出した洗練された代物を片端から集めるまでなった。

初めのうち、これら逸品を取り出して眺めては江戸人になったかのように楽しんでいたが、見るだけでは飽き足らない。柿の木製の古びた長火鉢を手に入れると、電子オルガンや色々な道具類を自室から旋盤の作業場に移動させ、空けた空間に長火鉢を据えて座り込むとキセルをふかし、黄表紙の住人になったかのように悦に入って、至福の時間を楽しむという貴重な休憩時間を過ごした。

仕事関係以外で鈴木が知り合いになった店主にケンも興味を惹かれ、よくついて行った。というのも、鈴木が他人に信用を置くのは例外中の例外だからだ。「信頼出来る人」がどのような人物かを見極めようとケンは会ってみて、店主の異様さをたちまち見抜いてしまった。

ケンの嗅覚は鈴木とは違った。親と兄がヤクザであるので、その類いの人を嗅ぎ分けるのはたやすかった。たとえ尊敬する鈴木が気に入って入れ込んだ店主であっても普通と違うと直感し、特殊な危険があると察し、いくら相性が合って親しくする人物であっても、ケンは注意深い目を失わなかった。

店主は五十がらみの背はさほど高くない中肉中背のむしろ細身に近い背格好の人で、いつもニコニコと笑顔を絶やさない物腰も穏やかで柔らかな人物であった。身体がいくら筋肉質でガッシリ締まって骨太でも、普通の人と変わった所など何一つ見当たらない。ボンヤリ見ていれば余人と変わりない、どこでも見かける店主に見えたが、ケンは鈴木に言った。

「この人は普通じゃあないですよ。肝っ玉の座り方が違う」ケンの親のところに出入りするヤクザ組長のオーラに似ていたからで、この前も鈴木について行くと、チンピラの酔っぱらいが店に入って絡み、殴りそうな気配をしても、真ん前に突っ立って平然として動じない。

「凄いな。肝っ玉が据わっている」と店主を尊敬の念のこもった目で鈴木が見ていても、ケンは違った。

ケンの予測通りだった。

ある日、鈴木にくっついて店に行くと、

「いやあ、昨夜は参った。こんなに小さなボロい店に強盗が入ろうとしたんですよ。何を間違えたんだろう」と他人事のように言い、顔つきも普段と変わりない。大きな事件が起きたとは思えない平静さに、つい、ケンが、「何か取られたんですか」と問うと、

「何も取られない。第一、私の所に金目のものなんて、あるわけない。バカな奴等だ」

「強盗と出会ったのですよね」
「そうです。深夜、物音に目覚めさせられて仕方なく起きて見に行くと、店の引き戸を壊して三人の強盗が入って来る所でして」
「どうされたんですか」
「どうもこうもないですよ。私の所に金目のものなんてあるわけない。追い返してやった」と澄ましている。

すかさず鈴木が、「ケガが何もなくて良かったですね」と言って、二人でケラケラ高笑いした。
「ちょっと待てよな。強盗に遭遇して追い返すなんて芸当が一般人に出来るものなのか。あり得ないぞ」と、ケンは店主を見詰めたが、淡々としている。

戦後の混乱をいまだ引きずった当時の世相である。騒然とした部分が残っていて強盗や殺人は珍しくなく、単なる殺人だけではローカルニュースでも取り上げなかった。

中学生の頃にケンの隣のクラスで、授業中にナイフでクラスメイトを刺すという事件があった。なのに、新聞には載らなかった。このように中学でも事件が起きたり、身近にも強盗に入られて命を落とす事件があった時代である。誰もが強盗を怖がり、この場合なら命の危険にさらされて怖くて震え上がるのに、店主は追い払ったという。

二日前にもこの店で違う事件が起きたのを、ケンは鈴木から耳にした。

男が店に入って来るなり仕込み杖から刀を抜いて店主に斬りかかったという。身をかわした店主は側にあった木刀を構えて向かい合う。が、正眼に刀を構えたまま男は動かない。店主にすきがなくて切りかかれないのかと思った瞬間、店主の木刀が一閃、男の刀は手から落とされ、脛が叩かれると男は崩折れた。ついて来た仲間二人が慌てて男を抱きかかえると逃げ帰って行ったという。

店主は言う。

「刀は抜いた瞬間は勢いで切り込めるが、いざ向かい合ってしまうと、人を殺すというのが頭に浮かんで怖くなる」の通りで、震えが来ている男の手をぶっ叩き、脛を思い切りひっぱたいたのだ。

ケンは推測する。店主は元ヤクザの幹部だったのだろうと。戦争に行ったりヤクザ抗争を経験したりで、刃の下や弾丸の飛び交う死地をくぐり抜けて生き延びたので、何があっても豪胆でいられる人だと。だから、先の強盗侵入事件も対応出来たのではないか。

後で鈴木が店主から得た情報では、強盗は三人いて引き戸を壊して入って来るなりピストルをそれぞれ店主に突き付け、

「金を出せ」と脅した。なのに、店主は平然と、

「そんな危ない物はしまいなさい」と眉一つ動かさずに低いドスの利く声で諭し出す。その肝っ玉が据わった並外れた態度に強盗達はたじろいだ。店主に恐れた風がない上に、豪胆さの中

に一分の隙もない立ち振る舞いであったからだ。

ピストルを突き付けられて動じずに落ち着いて説教するなんて、普通の人間ではあり得ない。そこへ特殊な人物に特有な隙のない殺気を帯びたオーラを出す。ただ者でないのに強盗達は気付いて逃げ出したのだろう。

ケンに言わせると、彼等強盗も裏社会で生きている。この時代、裏社会ではヤクザの支配が行き渡り、そっちの類の人がどういう雰囲気の立ち振る舞いをするかという嗅覚がなかったなら、裏稼業が出来ないのが通り相場だった。

もしも店主がその手のヤクザの組の上の者で、その人を殺めたとしたら、彼等にはとんでもない事態が起きる。後でバレたら、というか、必ずバレる。そうなると、殺しをした彼等はただでは済まない。いくら逃げても「蛇の道は蛇」の裏社会には悪は悪のシステムが出来上がっている。どこまでも追いかけて来て半殺しにされるか、殺されるかのどちらかになる。そのような人に手出しをしたら自分達の身が危ないと理解した強盗達は慌てて身を引き、ほうほうの体で逃げ出したのではないのか。

ケンにそう説明されたが、鈴木は違う考えを持っていた。店主が何者も恐れない豪胆さを秘めながらも普段は何のてらいも虚栄もなかったからで、突き出たものをうちに秘めていても前面には出さない懐の深さと強い精神力を気に入っていたのだ。鈴木自身も強い気概を持ち、技術では飛び抜けていたので店主とは肝胆相照らすものがあったのだろう。

確かに外見からすればいかつさも特殊な臭いもしない平凡な人に見える。しかし身体ではない。余人の胆力とはかけ離れた度胸の据わり方をする尖った人特有の突きぬけたものがあった。常に平常心を失わない孤高の姿勢は鈴木に近く、一層、店主を気に入った。

そうは言うものの、鈴木はヤクザが大嫌いだった。時に絡まれたり、ロケットでは脅されたりしたのにも腹を立て、「働きもせず、暴力をかざして弱い者にたかるウジ虫共め」と罵った。

努力して成果を得る彼の生き方とは相反していて、その類いの人間を許せなく、ヤクザの親や兄を嫌うケンをそれだけ可愛がったが、この店主は別だった。

## 空気銃とテキ屋

中古の空気銃を古道具屋から手に入れた時も密やかな店主の顔が覗き見え、ケンの推測通りだった。

日曜日、ケンが鈴木の部屋で遊んでいると、

「良品の中古の空気銃が出たから見に来ないか」という特報がもたらされ、急を要するから「早く来い」と言う。ブラブラ歩きでも十五分もあれば行けるにしても、日曜日の黄昏時である。往き来する人々でごった返す歓楽街を抜けるのに時間がかかるとみて、それぞれの自転車を走らせた。

スラム街の裏路地を縫うように突っ切って歓楽街を抜け、踏切を渡って右に折れ、線路沿いを

走ると墨黒々の古道具屋の看板が見えた。店に入ると奥にそれとおぼしき空気銃が置いてあって、木製の銃尻部分が鈍い黒光りを放ち重々しい。乾拭きを毎日、丁寧にしていたせいだろう。一通りの説明を店主から受けて気に入った鈴木が代金を支払い、持って行こうと手をかけると、「ちょっと待って下さい。夜むき出しで持ち歩くのはまずい」とつぶやくや、銃尻の部分からサラシ布でグルグル巻きにして手渡した。店主にお礼を言って銃を担ぎ、自転車に乗って走り出す鈴木の後をケンはついて行った。

とっぷり日が暮れた場末の歓楽街は休日で混雑して賑わっている。近道して狭い小路から走り抜けようと試みたのが間違いで、人込みの塊に捕まって動けなくなった。

仕方ない。とまって、一団の人の群れをやり過ごしていると、目付きの悪いテキヤが鈴木に近付いて来て、突如立ち止まり、仰ぎ見るや、「ご苦労様でございます」と大声を張り上げた。九十度に腰を折る最敬礼をされ、驚いた鈴木は大きく見せようと猫背気味の背筋を無理にピンと伸ばし、ヤクザを装っておおように頷く姿勢が滑稽で、ケンはクスリとした。

ネオン瞬く歓楽街である。ちょっとした暗がりだったから、テキヤが鈴木を地回りヤクザと見間違えたとケンは考えたが、界隈を走り抜ける間に別のもう一人のテキヤにも、「ご苦労様でございます」の平身低頭の丁重な挨拶をもらった。二人目では鈴木に驚きはない。権威を保ちピンと背筋を伸ばす姿勢の鈴木が様になって、また笑えた。

店に帰ってからケンは、「巻き方が、ヤクザが銃を運ぶ手口で、見たことがある」という。店主の悪戯で、地元のテキヤがヤクザと間違えて挨拶をするのを見込んで、「彼等をおちょくった」と言って、二人で笑った。

もちろん、因縁つきの空気銃はバラされ改造された。鈴木の技術からすれば問題無く出来るというケンの予測は外れ、銃身を長くするのに苦労していた。

細い銃身である。中を螺旋でくり抜くには複雑な工程が必要で往生したが、目を見張るのは鈴木の探求心のすさまじさだ。納得行くまで、作っては直し作っては直し、何回でも繰り返す。元々、物が良かったのも幸いして銃身は溶接されて長くなり、威力は倍増した。他にない精密な銃に改造されたので、空気銃の精度と性能は素晴らしいものになり、数十メートル離れた先のマッチ箱に二人共、ポンポンと当てられた。

## カメラ屋の店主

スラム歩きの後の行き先がもう一つあった。

カメラ屋である。

訪れる頻度は少なくても、旋盤仕事で稼いだ金のもう一つの貢ぎ所で、世の中に出始めた八ミリカメラを何台も買ったのがそこだった。いくら高価でも新しいモノが出ると、手に取って未知なメカニズムがどのようなものか、仕組みを確かめたくて買い入れた。メカに魅了された鈴木にすれば映写機や普通のカメラ数台もここから買った。

ここの店主が彼のお気に入りのもう一人だった。元フィルムメーカーの研究所勤めをしていたバリバリの研究者経験から来る深い知識の持ち主で、何を聞いてもカメラ全体にわたるメカニックについての知識から、即座に詳しい答が返ってきた。

スラリと背が高い端正な顔立ちをした姿からは、カメラ屋の親父というより知的研究者の風貌そのものであって、遠州なまりもない洗練された東京言葉をしゃべるスマートな店主だった。

南駅の真ん前という繁盛店で、店員も四、五人を抱える地域では名の知られたカメラ屋なのに店主はケチだった。八ミリカメラや映写機、普通のカメラを何台も買う上得意の鈴木に、少しも値引きをしない。多くの上客がいて羽振り良くやっていたので、年端も行かない彼をまともに相手にしなかったのか、それともバカにしたのかはともかく、若いとはいえ、鈴木は電器店を父親と一緒にやっていた。商売上のおおよその原価と掛け率で儲けを推測出来たのだ。

「これだけ買っているのに、少しも値引きしないなんて、けしからん」と怒り、いくら深い知識に惹きつけられて尊敬の念を持ってはいても、あまりのケチぶりに腹を立て、「値引きをしないのなら、代りに店のモノをいただく」と店主に堂々と宣言して、店の小物類を時々失敬した。

冗談と取っていた店主も事実を知って驚き、慌てて防御体制を敷いて店との心理ゲームの始まりとなった。

ある日、鈴木がカメラ屋に行くという。ケンがついて行くと店を前にしてショーケース上に敷かれている高級な鹿のなめし革を指し、「あのセーム革を持って来るぞ」の宣言。

「エッ、ショーケース上のセーム革ですか。花瓶やら招き猫の置物やら、いろいろな小物が乗っている。見つかるんじゃあないですか」とケンが心配すると、

「儲けに熱中して金に目がくらみ、全員がボケているから大丈夫」と、鈴木がスタスタと店に入って行くのに釣られてケンも入るには入ったが、臆病風に吹かれて入り口にある待合い椅子に座った。

鈴木はズカズカとショーケースに近づき、「新型カメラを見せてくれ」と店員に三つの新型カメラを出させて品定めを始める。ああだ、こうだと、口角泡を飛ばして性能について言い出すだが、若い店員である。メカ理論で鈴木に敵うわけがない。やりこめられて答えられず、言い淀むのを見た他の二人の店員が助け船を出しに寄って来る。

ショーケース付近がにわかに議論場になって熱気に包まれるのに店主は来なかった。コーナーの角の内側にゆったり座り、パイプをくゆらせて穏やかに微笑んでいたのだ。

いや、そう見えた。でも、よくよく見るとこのゲームがどうなるのかと目の奥をキラリと光らせ、ジッと鈴木の行動を注視していた。

スイッチが入った鈴木はしゃべるしゃべる。普段のムッツリ「職人」の振る舞いはスッカリ消え、相手を巧みに惹きつけては話の中へと引きずり込む。商売上の必要から心得た巧妙な話術の上に、引きこもりの彼は孤独を紛らわそうと、好きな落語に聞き入って暗記し、幾つもの話を一

言一句間違えずに語れる実力があった。

たまに落語の端々をケンは聞いたことがあったものの、語る姿を滅多に見たことがなかった。だが、新型カメラについてああだ、こうだと意見を言い合ううちに、

「アー、このカメラはだねえ、まがいものだよ」と突如、落語家志ん生の所作と声色が出た。気分が乗ったのもあろうが、わざと取り込むために本物の古今亭志ん生のような板についた語り口をしたので、店主も思わずパイプを離して大笑いした。

徐々に彼の雰囲気へと皆を取りこみ、上手く行くと見て取ったのだろう。セーム革の上にある新型のカメラを一つずつ、丁寧に横へとよけ出す。

「やり出したぞ。本当に上手く行くのかな」と平静を装おうケンの心臓はドキドキと早打ちをし出すが、鈴木ときたら冷静そのもの。おしゃべりをしながらも下の手は新型カメラ三台を次々と横に片付け、小物の招き猫の置物や花瓶、本、パンフレットなどを一つずつ丁寧にセーム革の外へとよけ出す。

大きくないショーケース上である。セーム革の外側には既にカメラ三台が大きく占拠している。小物類の置き場所を確保するにはセーム革を少しずつ逆方向へと押し込めて空間を作ろうとするが、そうしながらも間断なく鈴木はおしゃべりを続けていた。

目線は下に向けないものの、下での作業の複雑な手の動きは滑らかだ。あたかも見てやっているかのように正確な操作なのに、視線は三人の店員と店主とを順次に見下しては、いろいろな小

物が置かれている横の大きなショーケース上へと目を移す。釣られて店員達の目も彼の視線をキョトキョト追いかける。

鈴木は言う。

「わざとキョロキョロして、視線を辺りの物に投げかけると、術中にはまっている店員は視線の先の物が狙われていると思いこみ、注意をそちらに奪われる」のであって、店員の目は鈴木の狙っている物を見極めようと彼の視線を追いかけるのに必死だった。

「目の動きが重要だ」と言い、意図して大きな丸っこい目を色々な物に投げかけては「物色するぞ」の態度を「わざ」と示す。すると、店員の目も彼の視線を追いかけて先へ先へと追随して行くのに精一杯で、下での彼の手の動きが視界に入ってはいても、意識の中には入りこまなかった。

たわむれるかのような自然な彼の手の動きに、違和感を感じずにいた彼等である。たとえ下での複雑な手の動きが見えていても、彼の術中に取りこまれてボヤけ、店主を含め、誰一人として彼の下の手の動きに、目を向けないままだった。

おしゃべりの一方で手を動かし続けながら、ショーケース上にある小物の置き場所を確保する必要から、邪魔になるセーム革は逆方向の横へ横へと押し込まれ、最後にクシャクシャになったそれを弄ぶようにクルクルと巻き上げて片手に持つと、避けてあった置物や花瓶等を一つひとつ元の置き場所に戻し始めた。

「元々あった所に戻せば、セーム革を抜き取られても元の並びに戻っていて気付きにくい」と鈴木が言う通りで、店側はセーム革が抜き取られたのを数日間、気付かなかった。

「さあて、ケンよ、帰ろうか」と、ごく自然に振り返るのにつられて立ち上がると、一人の店員が、「鈴木さんはいたずらして、いつも店のモノを持って行く。身体検査をする」と皮肉っぽく言ってカウンターから出ると傍らに来る。店主も離れた所でパイプをくゆらせニコニコしている。

「さあ、右ポケットの検査をするぞ」と店員は言いつつ、鈴木のブレザーとズボンの右ポケットに外から触り出す。そこで右ポケットに触りやすいように右手を高く上に挙げるが、手には筒状になった鹿のセーム革が握られていて、触る度に、「くすぐったい」と身をよじって皆の注意をそっちに向けてしまい、筒状のものに目は行っても、自然な仕草であって店の物だと気付かない。

「じゃあ、次は左だ」と店員は次にブレザーとズボンの左ポケットに外から触り出すが、身をよじってまた注意をそっちにそらす。左手に持ち替えられた筒状の鹿のセーム革が高々と挙げられていても、気づかれなかった。

「よし、何もない。無罪放免だ」と検査の店員は宣言する。

「じゃあな、さよなら」と、左手に鹿のセーム革を高く挙げ、振ってバイバイしても、店主も三人の店員も、振られたセーム革を目にしているのに、元から持って来たものとみなしたのだろう。

このように彼を一人前に扱わない人物には徹底抗戦を試みて抵抗した。彼の言う「一寸の虫にも五分の魂」であって、鈴木を認めない者には打撃を与えたのだ。

こうして抵抗する気概と人を惹き付ける話術を持つ鈴木をケンは心から羨ましく思い、自分もいつか、鈴木のようになりたいと心に誓った。

## 写真への傾斜とヤクザ

鈴木は店主に闘いを挑んで存在を認めさせようとしたものの、豊かな写真の知識には敬意を払った。聞けば丁寧に教えてくれたからで、店主を嫌っていたわけではない。

鈴木にとってはカメラのメカ機構と機能に関心の中心があった。店主がケチかどうかは二の次であって、メカに惚れ、いくつもの高級カメラに惹かれて、複雑なメカニズムを持つ未知のカメラが出ると試さないといられない凝り性の彼であった。

カメラの機構を知ろうと分解して、精密さがどのくらいかを調べるハード面の探究が先に来たものの、そこに留まらなかった。ソフト面のいかに機能するかにも惹かれ、実際に使ってみて、どのくらい精確に撮れるのか、進歩しているかどうかを確かめないと気が済まなかった。

被写体をどこまで精確に写せるのかに狙いがあるので、小動物や花や盆栽の近写が多かった。写り具合の精緻さの度合いを計るデータが集めやすいからで、彼の写真の精緻さは群を抜き、他とは比べようがなかった。

こうして真摯に熱中する彼の姿勢を見て刺激されたケンも、写真に興味を抱くが撮したい対象が全く違う。それは「芸術的な写真」であって、出来るかどうかは怪しかったものの、ケンは美的なモノに惹かれ、特殊技術とか精確さに勢力を注ぐ鈴木との違いは大きく、ケンが何をしようとするのかが鈴木には理解できなかった。

でも、風景を撮るにしてもメカについて聞けば鈴木はすぐに丁寧に教えてくれ、尋ねれば空を見上げただけで絞りは幾つ、シャッター速度はこれこれという答が返って来る。人物写真を撮るのでも、人物を浮かび上がらせる、ピントを人物に合わせて背景をぼかす手法への適切な絞りとシャッター速度の回答がたちまち来た。

カメラも「小さくて安いけどこれは良い」という鈴木の助言に従って手に入れたカメラはレンズの深度が深く、良い写真が撮れる優れ物で、写真が面白くなり、定時制高校の写真部にも入った。

問題が発生する。当時の現像技術は未熟で色落ちがしばしば起きたが、どうしてそうなるのかが未知の領域である。カメラ屋の店主に教えを乞いに行くと、その道に精通したプロである。

「経年での色褪せは現像液と温度との関係であって、現像液の管理温度の不安定さから来る」と丁寧に教えてくれた。言ってみれば、「一定で安定した温度で現像すれば、写真はしっかり定着して簡単にはセピア色に変色しない」というのだった。

当時とすると、夏は温度を下げるには氷を入れてしのぐことが出来ても、冬での現像液の温度調整はやりようがなかった。この克服をしようと、温度を一定にする機器作りに鈴木は挑戦し出した。

ケンも電気科に在籍している。手伝ってみたが尖って凝り性の鈴木である。温度の変動が一度でもあるとダメ出しする。出来たと言って使用し出しても、温度が上下すると頭に来てぶっ壊す。

「ここらでいいです」とケンが言っても無視される。当然、温度調整器はなかなか完成しなかったものの、ついに成功にこぎつけた。精緻さにこだわる鈴木らしいやり方だったが、この機器で現像した写真は半世紀以上も経っている今でも何の変色もしていない。

もう一つの難題は印画紙にあった。柔らかな写真に仕上げられる一号からキンキンに硬い五号の印画紙の一つ一つに同一のネガで試してみると、印画紙とカメラとの相性にも関わり、号数を変えると予想を超える大きな変容が生じる。同じネガなのに号数が違うと印象がまるで異なって、ケンもビックリしたが面白い。そこで全ての号数の感触を見極めて使いこなそうということになって、二人とも夢中になって片端から試し出した。

沢山のネガに五種類の印画紙を試すとなると、ふんだんに枚数が必要になり、試している内に印画紙が足りなくなった。五種類もの印画紙の値段は結構なものであって、資金が枯渇してしまった。

「参ったな」とケンのブツブツいう声が聞こえたのもあって、どうやって資金を作るのかを鈴木が考えた着地点が、写真集を売るというアイデアだった。

発想の原点は鈴木の勝れた複製技術にあった。これに長けているのを近所の人達が知ってい て、セピア色になった昔の写真の復元をよく頼まれた。彼も店をやっている手前上、むげに拒否は出来ない。仕方なく受けていた中に助平ジジイ連がいて、ポルノ写真の複製を結構、頼まれた。口外されては困るからと、口止め料になにがしの金を置いていく上にネガフィルムは手元に残る。

そこに目を付けた鈴木は、残っていたこの大量のネガを現像し直して写真集にして売れば、資金になるのではという案だったが、ヤバイものでもあった。実際にネガは現像しきれないほどあって写真集は三冊にもなり、どれもが破格の値段で売れた。潤沢な資金を手にして印画紙を買いまくり、豊富な印画紙を手元に揃えたおかげで、どんなものにも挑戦出来て腕がグングン上がり、ケンも高校の写真展示会では評判が良いものが出来るまでになった。

鈴木の技術の支えと資金の捻出がなかったなら出来るものではなかったにしても、想像以上のレベルまで技術を上げられた。ここまでは良かったが問題が起きた。

一つは鈴木の問題だった。分かるまではトコトンやる彼の気概は半端でなくても、分かってしまうとやる気をなくしてしまう。一号から五号までの使い方を探ったが、大体、分かってしまい、熱中した気分が突如、消えた。写真技術にしてもこうしたことで、あっという間に熱が冷め、つられてケンの写真への熱い気持ちもなくなって、写真をやめてしまったが、やめたのには別の大きな理由があった。予想通り、ヤバイ事件が起きた。

ポルノ写真集を何冊か売って半年ぐらいした時だ。ヤクザが買いに来て、「俺達が売ってやる。もっと大量に作れ」とすごまれたが鈴木は拒否した。

「あれは友人から頼まれて作ったもので、自分とは関係ない」と、シラを切るものの、奴等はしつこい。粘られても粘られてもシラを切り通して追い返した。まさにヤバくなり、嫌気がさしてやめてしまったのが実情だった。

## 三　飽くなき挑戦への気概

### 不可解な出来事

考えられない事件が起きた。

ケンがいなくなったのだ。実家に姿はなく、友人宅を探しても見つからない。鈴木は失踪したとしか考えられないと気が動転して混乱した。

鉄工所から「消息を知らないか」という問い合わせがあり、取るものも取りあえず鉄工場に駆けつけたが、何をしていいのか分からない。現場を見渡すと従業員が忙しく動き回り、中に空気をまとったように薄く鈍い人影が動く。ケンが働いていた場所である。

「エッ、彼なの？」と目を凝らすがケンとは違う。

「なんてぇことだ。どうしていなくなった。こんなことが起きるなんて」とブツブツ呟きながら、「どうしてなんだ⁉」と大声が独りでに出た。しばらく何も考えられなくボォッといたものの、「ハッ」と我に返った。「そうだ、いくらクヨクヨしたって、仕方ない。冷静に、冷静になれ」と己を落ち着かせてから、

「失踪するような事件をなにか起こしたのか」と知り合いに聞き回ったがあるわけない。逆に会社から「いなくなったがどうしてなのか分からない。なにか知っているか」と、ケンが慕う鈴木だから何か知っているのではないかと尋ねられた。知っていたら聞くわけがなかったのだ。

鈴木は会社からの一報で知った。一言もケンからは言われてなかったのはともかく、意外な事実を突きつけられて仰天した。青酸ソーダの持ち出しである。

「エッ、そんなバカな」と衝撃を受けて思わず口走ったまま、「なんで失踪したのか」の原因追求が真っ暗な闇の中に落ちて行った。「まさか、青酸ソーダを持ち出したとは」と頭を振ってブツブツ言い、「自殺のためではないのではないか」と考えが浮かんだものの、もし本当に困っていたのならケンのことだ、必ず相談に来る。鈴木を蔑ろにするはずがない。とはいえ、どんな理由があったにしても、なにも言わずに出奔したのだった。

兆候がなかったのだろうか。

確かではないがあった。定時制高校の電気科を卒業したケンはその筋の職場で働きたくても、依然、鉄工場で働いていた。工場主が手放してくれなかったからで、真面目に働くケンに、「これからの時代、この工場も電気関係の仕事をしたいからちょっと待ってくれないか」と引き留められ、辞めるに辞められなくて待っていた。だが、会社が変わる気配はない。だから、「出奔した」のかどうかは分からないものの、青酸ソーダの持ち出しは理解不能だった。

「本当にそんなことをしたのか」と二、三確かめてみると、

「会社では毎日、計って使う。減っているから持ち出しは間違いない」と口を揃えた。

なんでそんな危険物を持ち出したのか。いつも扱う薬品で、怖さを普通の人以上に知るケンなのだ。

もっと不可解なのは、電気関係の新しい職場を求め、将来への希望に溢れていたのであって、どう考えても将来を悲観して自殺するのはあり得ない。どうしてそんなものを持ち出したんだ、とやりきれなく無力感に襲われた。

無理もなかったのは、青酸ソーダが危険なのをわざわざ体験的実験を通してケンに伝えたのは鈴木だったからだ。あそこまで教えてやったのに、どうして、という思いが消えはしなかった。

それはケンがきっかけで、事情はこうだった。

ケンに頼まれたロケットの火薬作り実験から、顔が火膨れたり髪が燃えたりの危ない目に遭った鈴木を見たケンは、化学薬品の思いもかけない威力に驚いた。これが真実なら鉄の焼き入れ時

に使う青酸ソーダも大パワーを持つのではないかという疑問が湧いて、「危険度がどのくらいあるのか」と、鈴木に訊いたが、鈴木には、危険度と言われても実体験があるわけではない。命の危険にさらされるものぐらいは分かっていても、伝聞での知識である。

素朴なケンの質問に、確信を持って答えられなかった自分の知識のなさに腹を立てたのだ。どのくらい人体に影響を及ぼすのかを知りたくなり、実際に試してその怖さを伝えようとしていたその矢先に村木は鈴木を訪ねた。

奥からフラフラよろけながら来る鈴木の有様が尋常でないので、「どうした」と、問うと、「村木君、青酸類は試さない方が無事だな」と淡々と言った。

突然、「青酸類」と聞かされても、何も知らない村木にはなんのことやら分からない。目を白黒して、よくよく見ると彼の顔が青白い。エネルギーに溢れる赤ら顔と違っていて、こりゃあ、おかしい。

「なにをした」と問い詰めると、

「青酸ソーダをなめた」の答え。

書物には「ひどい毒性があって、命の危険がある」と載っているものの、どう身体に毒性が影響を及ぼして、どれくらいの危険があるのかという体験はない。そこで「どうなるんだろう」という疑問がわいて頭の中を駆け巡り、ずっと考え続けた。

鈴木は次第に決着が着けられない己に腹が立ってイライラし、「どうなるかはやってみないと分からないではないか」という考えにいたって突っ走り、青酸ソーダをなめてみたのだった。

当時の鉄工場では鉄の焼き入れに青酸ソーダが必要で、どの鉄工場にも置いてあるごくありふれた薬品だった。計って使っていたとは言え、知り合いに頼めば青酸ソーダのちょっとぐらい分けて貰えた時代であった。

ケンの所とは別の鉄工場の知り合いに頼むと、「いいよ」とくれた。鈴木はもらった青酸ソーダを化学薬品を計る精密な天秤で慎重に計ってから、致死量と言われる三分一をなめてみた。すると、入っている苛性ソーダのヌメヌメ感が気持ち悪く、吐き出して、うがいを何回もした。

激しい下痢に襲われて一晩中、トイレの横に寝た。村木の知人の医師によると、口の中の粘膜からたちまち吸収されて、心身共にフラフラになったのではないかという。

「参ったな。下して、下して……。村木君、これだけは試さない方が無事だ。こりごりした」と危険な試みのわりには平気な顔で、「青酸ソーダは工業用のものであって不純物も多く、大丈夫と考えてやった」と鈴木はヌケヌケと言った。

ここまで危険なことを鈴木が知らなかったのだろうか。そんなわけない。「どのくらいの危険か」を書物でとっくに調べてあって、事前に知っていた。また青酸ソーダをくれた工場主からも、「昼食時に仲間との言い合いから少しなめたら、三時間後に死んだ若者がいる。気をつけろ」と言われもしたが、走り出した鈴木は止まらない。

だが、鈴木は慎重でもあった。

いくら狂気に駆り立てられて走り出したとは言え、科学的で冷静な彼もいる。「そこまで本当に威力があるのか」という疑問が湧き、なめる前にネズミ捕りにかかったネズミへ独自に試した。いつもは母親が水に浸けて溺れ死にさせるネズミに、針金の先に青酸ソーダを付けて近づけると、威嚇して針金を口にくわえた。

ネズミは、たちまちけいれんして即死した。見て怖くなったが、走り出した彼はとまらない。危険を承知の上、人間に試さないと分からないだろうと己に言い聞かせてなめてみた。

自分に人体実験までして青酸ソーダの危険と怖さをケンに伝えてあったのに、持ち出してどこかに消えたとは。やりきれない思いがこみ上げ、鈴木はしばらくは立ち上がれなかった。

呆然とした一週間が過ぎ、やっと冷静さが戻った。ケンの行動を考えに考えていくと、「そうだよ、ケンは自殺なんかしない」という考えにいたった。自殺のためなんかではない。逆だ。「追いかけて来たら死ぬぞ」という強い覚悟を示すためではないのか。そこまで考えがいってホッとした。

見込みがあるから手をとって教えた唯一の愛弟子である。アホなことなんかするわけない。色々と鈴木に教えられ、皆に誇れるところまできたえられ、どこでも通用する実践レベルに達した技術を獲得した努力をないがしろにするわけない。どうしてもこの技術を活かした職場につきたかったのではないのか。

鈴木にすれば、珍しく教えたのだ。

他人に教えるなんて考えもしなかった鈴木なのに懇切丁寧に教えた。やり方は彼独自であって、これまで教科書として使った「初歩のラジオ」「ラジオ製作」「無線の実験」「電波化学」と言った雑誌を倉庫から引っ張り出して来ると、これらを叩き台にして逐一、部品を買ってきては加工を施したり、作り直したりするやり方でみっちりケンに注ぎ込んだ。

部品の調達はもともと、鈴木が繁く通った市の中心部にあるRK商会からで、店主とはなじみなので特別に手配をしてくれたりする親しさがあった。ところが、田舎の部品屋である。手に入らないものはないなりに、部品に加工をほどこして作り直し、めげずにやり抜いて手に入れた鈴木流の貴重な技術であった。

こうした背景からケンが習得させられたやり方は荒っぽいもので、コンデンサーや抵抗の限界を見極めるにしても、一つひとつ負荷をかけて壊れるまでやらせた。また電気がどのようにして電波になって行くのかをアンテナの種類を変えたり、高さを比べようと高い屋根に登ったりした。時には百ボルトや二百ボルトの電流に直に触れさせられて火傷するような体験的学び方をさせられているうちに、ケンは次第に自己のものにして、応用力は抜群だった。

失敗して痛い目や怖い目にあってビックリすれば、限界が必ず頭に入るという鈴木の体験からのやり方だった。そうさせられて手に入れたケンの応用力レベルはかなりのものになり、定時制高校では一目置かれる存在になった。だからこそ、それを活かす職を探していた。

もしかしたら上手いこと、仕事が見つかって、出奔したのかもしれない。そうだとすると工場主に悪い。そこでわざと見つかるような量の青酸ソーダを持ち出して覚悟を示したのだ。鈴木に言わなかったのも、言ったら工場主に聞かれて嘘をつかねばならない。だから何も言わずに会社を辞めたのではないか、という考えにいたって楽になった。

## オートバイと車の運転技術

その頃、新幹線の線路が南に大幅にズレて通る計画が発表され、予想よりも大規模な区画整理に手が着き出した。元々、市側はゴタゴタしたスラムや猥雑な歓楽街を快く思わず、区画整理の計画を何回か立ててみたものの、住民の反対が激しくて上手く行かなかった。ヤクザが支配する歓楽街を含む説明会で説得にかかっても、激しい罵声やヤジ、また中には立ち上がって殴りかかって来そうな者さえいててこずり、この難物を押してやるまでの勇猛な吏員がいるわけもなく、大半の吏員が説明に行くのさえも嫌がった。

無理もない忌避地域である。やりようもないまま諦めていたところに新幹線が従来の路線よりかなり南側を通るという国の事業が転がり込んだ。この計画には誰も抵抗出来ない。好機ととらえ、迅速にスラム街の住居や歓楽街の店々にも退去命令を出し、駅南地域の大々的な取り壊しが始まった。

スラムの住人のケンは、こうした経緯から家が退去命令の中に入っていたのを知り、「どうせ、ここに住めないのなら、別の所でもいいいや」と出奔したのかもしれなかった。事実、この機を境にスラムの住居や店々の多くが次々と移転に追い込まれ、スラム周辺の人達のライフスタイルは激変した。

「発展の痛み」ではあるものの、ケンのように希望を持って他所に行こうとする人は別にして、住人は困惑した。また鈴木のようにスラムのブラブラ歩きや古道具屋、写真屋といった駅南界隈での楽しい息抜きが消えたのも痛く、スラム消失の衝撃は彼に大きなダメージを与えた。そこにケンの失踪も加わり、一時、何も手が着かなくて落ち込み、村木の所によく現れた。

村木にしても鈴木を慰める言葉がない。壊される前のこの辺りの状況を写真に撮りたいという鈴木につき合い、何回か歩き回って写真屋や古道具屋の写真を撮りまくり、街の様子の撮り納め、見納めをして寂しさを共有するのが精一杯であった。

区画整理事業が始まって縄が張られると、地域の出入りさえも出来なくなり、行き場を失った鈴木の心にポッカリ穴が出来た。空白の代替を求めてなのか、突如、中古のオートバイを手に入れてくるとエンジンをバラバラに分解し、仕組みがどうなっていて、どこが重要なのかを探り始めた。

六十年代前半である。現在のようにコンピューターでブラックボックス化したエンジンと違い、知識さえあれば素人でも改造が出来た時代である。毎日のようにエンジンに向き合い、進角度の調整に始まってピストンの分解やピンの削りと言った専門家顔負けの試行錯誤に没頭し出した。

何しろケンの失踪やこれまでのスラム歩きや買い物を忘れようとのめり込む。毎日、毎日、エンジンをいじって飽きないので一ヶ月も経つと、鈴木のオートバイは同じランクのものとは比較にならない馬力を産み出した。

ハードの改善を終えるとメカの豊かな知識を基礎にして、運転技術のソフト面を磨き始める。ハンドルを通して道路からの反応の変化や異常を感じ取る訓練だが、誰もが感じ取れる道路からの大きな平衡の乱れとは違う。微妙な平衡のずれへの尖った感知能力の訓練であって、旺盛な探求心と「凝り性」も加わってやり出す。のめり込んだ鈴木のレベルはドンドン上がり、アクロバット的な運転テクニックまでモノにした。

青酸ソーダの試みでも運転技術でも、こだわりから一種の狂気に近い所まで行くが、追求している時の彼は冷静そのもので科学的なのだ。我を忘れるのとは正反対であって、尖った運転の仕方の試行錯誤にしても、転倒の危険性がつきまとう。オートバイが転倒した時にどう対処するかを先に試してからの慎重さがあった。

一般的にはいかに上手く運転するのかに力を注ぐのに、彼と来たら、まさかの転倒時にも、どうしたら怪我が少なくて済むのか、転び方を先に身につけた。注意深い彼だからこそ、狂気とは真反対の冷静さを持っていたのだ。

それを象徴するのがこんな事故である。

市街地をスピードを上げて彼が走らせていると、右から小さな子供が飛び出た。急ブレーキをかけたが間に合わない。とっさにもっとスピードを殺そうとハンドルを右に切って避けてから、わざと転ばせた。転倒時の緊急処置の技が役に立った瞬間であった。

オートバイを転倒させたのでスピードは殺され、危うく子供とすれ違ってぶつからずにすんだ。それは幸いだったにしても、倒れたままのオートバイである。普通ならオートバイから放り出されてしまうのに、対処を知る彼の手はハンドルから離さない。一方のハンドルがアスファルトへこすられ、凄い抵抗にキーキー音を立てて横たわったまま滑って行った。それでも必死にハンドルを握ったままの姿勢で、十数メートルに及ぶ距離を滑って行くオートバイに任せた。

これが彼の対処の仕方であった。オートバイから放り出されて頭を打ち、大怪我をするところを、訓練のたまもので脛がアスファルトにこすれて傷を負っただけで済んだ。オートバイがとまると鈴木は立ち上がってパタパタと服の埃を払い、オートバイに跨がると走り去った。

市の中心街の出来事である。オートバイが倒れ、アスファルトとこすれてキーキーの大音響を響かせると店々の人達が飛び出て来た。どうなるのかとかたずをのんで見守る中、滑って行って止まると、あっさり起き上がって走り去ったのを見た人々は、ただアッケに取られたのだった。

このような転倒時の特殊なものではないが、アクロバット的な運転技術に、オートバイを逆向きにする技があった。前ブレーキを効かせると同時にアクセルを思い切り吹かせる技で、吹かせる強さとオートバイを傾ける角度とのタイミングが合わないと、転ぶか暴走してしまう。

ハードの性能を知り抜く鈴木である。繰り返し繰り返し、飽きずに身体がタイミングを覚えるまで練習して、「百八十度ターン」と呼ぶ技を獲得した。村木も何回か見たが、苦もなくやってのけた。

こうした技を持つ鈴木である。傍から見れば運転は曲芸そのものなのに、彼には何て事ないたやすい技である。誰にも真似出来ない危険な運転でも、いとも涼しい顔でやってのける。普通に追い抜いたつもりなのに、乱暴な追い越しだと怒られて、追いかけられるようなことをしばしば起こした。

追い越した相手がヤクザの場合では、単純な追い越しなのにカンカンに怒った。というのも、チャチなオートバイに追い抜かれて怒り心頭に発したからで、クラクションを鳴らして猛スピードで追いかけて来た。相手はスポーツカーなのでたちまち追って追いつかれ、慌てて鈴木は小路に逃げ込んだものの、袋小路のどん詰まり。ヤバイ事態になっても彼は冷静そのもの。追いつかれる寸前に百八十度ターンを炸裂させて逆向きに変えると、車の助手席側の脇を素早くすり抜けた。

袋小路で道幅は狭い。いくら切り返しをしても車ではUターンは難しい。バックで小路を後戻りするしかない車を尻目に、バイバイして難を逃れた。

車でも同じだった。数年後の会社勤めでの話になるが、オートバイと同じターンを試みてみたが、さすがに百八十度は無理だった。九十度ターンに切り替え、ものにしようと試みる鈴木の車を見て村木は驚いた。ＦＦ車なのだ。村木の素人考えではＦＲ車なら後輪を滑らせれば何とか出来そうに思えても、FF車である。濡れた道路ならともかく、乾いた道で前輪のタックインのみで向きを九十度に変えるなんて無理だと諦めるのが普通である。

彼は違った。

ＦＦの新車が来ると天竜川の堤防に行ってブレーキを踏むと同時にアクセルを吹かせ、どのような向きになるかを繰り返して確かめ始めるが、堤防である。いくら大きな河川とはいえ、幅広いわけがない。試みている内に車が制御不能になって堤防からはみ出て堤防の急坂を下ってしまった。

「そんなのは慣れっこさ。どうってことない。気をつけるのは横転で、新車を傷つけては困るから一気に下るのさ」とスキーの直滑降のように一気呵成に降りるとすまして言う。結局、堤防に通い詰め、性能の限界を見極めて九十度ターンをものにした。

「こんな技は何の役にも立たないじゃあないか」とからかう村木に、

「いやいや、会社の駐車場に行くときに役立つのさ。広い道からたんぼ道に入るとすぐに交差点がある。狭いたんぼ道同士だから、左折するのに九十度ターンが役に立つのよ」と、鈴木。

「物好きだなあ、君は。別に九十度ターンをしなくても、切り返しをすれば済むだろうに」

「それが面倒だから、九十度ターンを習得したのよ」と平然と言い放つ。

言うまでもないが走りに関しては、オートバイと同じで車の性能を上げてある。こんな車がここまで走れるのか、という走りをすれば事件は起きる。

いつもの朝の通勤時だが、前に走りの車、ヤン車がいた。「何だ。こんな変てこりんな飾りを付けやがって」と怒りと共にいたずら心を起こした鈴木はアッと言う間に追い越した。

ヤン車の持ち主は自分の車よりも遙かに性能が劣る車に追い越されてかぶせられた。頭に来て、クラクションを鳴らし続けながら、猛ダッシュして来る。

鈴木に言わせれば長い距離だと追いつかれるが会社の駐車場の近くだ。急いで狭いたんぼ道に入り、スピードをそのまま、たんぼ道の交差点を九十度ターンの慣れた技を駆使して左に折れて走り抜けた。

追いかけてきたヤン車は広い道から狭いたんぼ道にはスピードを緩めずに左に折れたものの、狭い十字路では、鈴木のように九十度ターンが出来なければ左に曲がれるわけがない。ヤン車は突然、道がなくなり、頭からたんぼに突っ込んでラジエーターが潰れ、蒸気が勢い良く吹き出した。

## 鍵開け――手が音を聞きとる

悪い事は続いて起きるものである。ケンが失踪したところへ南駅近辺の区画整理が始まり、スラム歩きの楽しみを奪われて落ち込んだ鈴木に追い打ちを掛けるように、ミイちゃんも来なくなった。小学校に上がってからもしばらくは来ていたのに、成長が心境の変化を産んだのだろう。

こうした状況が鈴木にのしかかったのか、当時の鈴木は怒りっぽかった。なんでもないことに怒鳴る。ミイちゃんと一緒の時の穏やかなニコニコ顔がどこかに消えてしまっていた。

久し振りに村木が店に訪れると店の横小路から鈴木の大声がする。何が起きたかと見に行くと、五十がらみの太ったおばさんが、

「段ボール箱の切れ端が自宅前に飛んで来た。どうしてくれる」と頭の天辺からキーキー声を放つ。いらだった彼は、

「なにをいうか。うちの店は東芝だけだ。飛んで行ったものは三洋であって、うちの店からのではない」と腹の底から野太い声を出して張り合う。血が上った赤い顔にボサボサの髪がバラついて垂れ、大きな目は血走って、仁王の形相で向かい合う。

心底から鈴木は怒っていた。切れ端が、扱うメーカーとは違うからで、

「冗談じゃあねえや、くそ婆め。いつも言いがかりをつけてきやあがって、今度ばかりは許さん」と喰らいつくが、ここまで真剣な言い合いは見たことがなかった。確かに時に不平おばさんとの言い合いがあったものの、今日は違う。隣近所に響き渡る険悪な怒鳴り合いなので、聞きつけた母親が慌てて間に入り、ペコペコと謝るのを尻目に、

「いい加減なことを言うな」と一層、大声を上げて食い下がる。迫力がいつもと違って「常に見せる顔とは別の顔を密かに誰もが持つ」というような顔でいがみ合った。だが、ジキルとハイ

ドのように性格が真反対になるのとは違う。間違ったことを言う人を許せなかったのと、ここのところ、鬱憤が溜まりに溜まっていたのだろう。

幼い頃から家に引きこもって機械や電気を扱う大人しい彼であっても、筋が通らない主張をする人にはいくら強く出てこられようが、危険にさらされようが、引っ込みはしなかった。彼の根底には「筋を通す」信条が厳とあって、筋が通らないことを言う人を許せなかった。しかし、当時は、日本が発展途上国から脱皮する過程で時代が激しく変わり、彼もまたこの変動にまきこまれていた。

端的には手仕事で旋盤を使う作業が自動機械に取ってかわり、駅南地区に滅茶苦茶多かった「鍛冶屋」が姿を消した。電子オルガンが完成間近の資金がより必要で肝心な時に、この旋盤仕事の減少という外部要因から、鈴木の旋盤仕事が少なくなって稼ぎが減り、製作に支障を来した。何とか工夫しながら堪えてやってはいたものの、イライラは募るばかりで精神状態が不安定であった。

そんな所へ大型電器チェーン店の展開が始まって個人の小さな電器店は客を取られ、やって行けなくなって廃業を余儀なくされる店が続出した。本業の電器店まで窮乏になる追い打ちをかけられるという大きな時代の曲がり角に差しかかり、鈴木の店も危機に瀕した。だが、彼の持つ修理技術に活路を見出し、なんとか顧客を確保したものの、修理に大幅に時間を取られて、金も自分の時間も少なくなり、試作品へ精力を注げなくなるという悪循環に陥っていたのだ。

この頃、村木も別の大学に入り直して故郷を離れて鈴木との交流が薄くなり、彼が置かれた細かな事情を知る由もなかったが、帰省して会うたびに、

「店の経営が厳しい、いつかは畳まなくてはならない」とブツブツいうのをよく聞かされたが、「そんなにも厳しいのか」ぐらいの認識しかなく、欲求不満を根底に秘めた彼をよく分かっていなかった。

こうした不満にも原因があったのかもしれない。突然、鈴木は金庫開けを再び始めた。きっかけは新幹線の区画整理から移動を余儀なくさせられた、知り合いの古い商店の金庫の解錠を頼まれたのだ。

以前から鍵開けを見たことがあった村木だったが、今回のを見て、改めて開け方の特別なやり方に気付いた。どういうことかと言うと、テレビドラマで見られるように、金庫を開けるのに強盗が聴診器を使って音を探るのが定番だが、鈴木のやり方は全く違うので、「エッ、鈴木はそんなことはしてないな」と気づくきっかけになった。

鈴木にすれば、勝れた「職人」技をいくつも持つなかでの鍵開けである。片手間の技に過ぎなかったものの、彼の鍵開けの特徴は、指の感覚だけで開けるのだ。「ひょっとしたら異様な特殊技術であって、余人に見られない刮目に値する技ではないのか」と村木は考えた。というのも、彼にかかれば、どんな金庫でも聴診器なしの素手だけで、たちまち開いたからだ。

鈴木に出会った当初の話に戻る。

村木の家に鈴木が遊びに来た時だが、村木が、「離れに行っててくれ」と言い置いて母屋へ行ったが、「いけない。鍵がかかっている」と気づいてあわてて母屋を走り抜け、離れへと駈けた。ほんの十数秒である。なのに、彼は部屋の中にいた。

「鍵がかかっていなかったのかい」の問いかけに、

「数字合わせの鍵か。あんなのは鍵ではないな」

と泰然とうそぶく。なにも言えずに次の一言を村木は呑みこんだ。つけたばかりの鍵である。番号を知るわけがないのに、鈴木はホンの十数秒で開けて入った。村木が数字を見て開けるより速い。「そんなこと、あり得るのか」と呆然とする村木に、「手が音を聞きとるからな」とボソッと呟く。

「何だって、手が音を聞きとるって言うんか！　そんなバカな。音は耳で聞き、手に音を聞きとる器官はついていない」と白目をむいて彼を睨み付けるが、チラッとこっちを一瞥して、

「ヤレヤレ、何てこった」とつぶやきつつ、横を向いて目をつぶったまま、数字帯を手で回し出す。「何をする」と見ているうちにアッという間に開けた。

「手が音を聞きとる」というのからすると、数字を見る必要もなかった。

「目で見なくても数字帯を回すと引っかかりが微妙に重くなる。そいつを手が感じとり開ける」を「聞きとる」と鈴木は独自の表現をしたのだった。

目と耳は関係ない。手の感触だけで鍵の音を「聞きとる」作業であって、至ってシンプルなやり方だった。数字帯をグルグルと何回も回して時間をかけたりはしない。あっという間に開ける切れ味の鋭い技であった。

これも出会った当時の頃である。大学の部室に村木が忘れた本を鈴木の三輪ミゼットに乗せてもらい、取りに行った時の厄介な錠前でも同じだった。

なかに入ろうとしたが、錆びた大きな錠前がある。誰か一人ぐらいいるだろうと踏んで来たのに、日曜日で遊びに行って出払い、近くの寮を探しても、姿さえ見えない。

「やいやい、誰もいないのか。参ったな」と頭をかくと、

「フフン」と鼻でせせら笑った鈴木が構内を見て歩き回り、針金を見付けてくると、

「ホレッ」と目の前に突き出す。車から工具を取り出して針金を器用に曲げて鍵穴に突っ込む。思わず、

「針金で開けるつもりか。錆びが吹き出て動きが悪い錠前だ」という叫びは無視され、錠穴へと針金が突っ込まれる。

「こんなので開けられるものか」と高をくっていると、本物のカギで開けるかのように難なく開けた。錆びついた動きの悪い錠前である。慣れた部員でも難儀したのに、腰の弱い針金で苦もなく開けてしまった。

車の鍵でも同じだった。三輪ミゼットで海岸に遊びに行き、車を駐車場に置いて、長い長い砂浜をずっと歩いて波打ち際にたどりつくと、人っ子一人いない。

思いの限り遊んで疲れ果て、再び長い長い砂浜を戻って駐車場まで着いたその時だった。

「アレッ」すっとんきょうな声と共に鈴木がポケットをまさぐっている。鍵が見当たらないのだ。

「本当かよ。鍵なしでは車が動かないぜ」と思わず大声を上げた村木だが、どこかに鍵を落としたに違いない。

また来た足跡をたどって、長い砂浜を探し歩いてみたものの、どこにも落ちていない。恐らく、波打ち際の砂浜で落としたのだろう。踊るように上下運動を激しくしていたからで、ポケットから鍵が飛び出たに違いなかった。

「見つけるのは不可能だ。アーア、家まで歩いて帰るのか。遠いなあ」と疲れた足を引きずって、長い道を一時間以上もトボトボ帰る姿を思い浮かべてウンザリした。だが、鈴木はあわてず騒がず、「海岸のどこかに針金が落ちているから、探してくれ」と言うなり探し始め、じきに見つかった。

駐車場までとって返し、三輪ミゼットの荷台から工具を取り出すと針金を器用に曲げて、車のドアの鍵穴に差し込むと苦も無く開けて車に乗り込んだ。エンジンキーの差し込み口にもそいつを突っ込んで、エンジンをかけて走り出した。

## クリニックの小型金庫を開ける

頼まれて古い金庫を開けて、金庫開けを復活させた鈴木である。未知のモノへの探究には燃えても、巷にはそうそう開けるのが難しい金庫なんてあるわけない。

鈴木の言う「ろくな金庫」がないせいでじきに興味を失った。「同じことやむだなことはやらない」の彼の信条にしたがって下火になった。

その数年後だ。

鈴木が楽器会社の開発勤務になったのに、鬱になった。

村木が知り合いのクリニックを紹介して、診察に通っていた時に「金庫開け事件」が起きた。

ある夜、知人の医師から、「鈴木君が来ているが私の手に負えない。話に来てくれないか」と電話が村木に入って駆けつけると、診察室の丸椅子に背を丸めてうつむいて座り、下唇を噛む鈴木がいた。

店から勤め人になって忙しくなった彼だったが、村木も大学を出てから故郷に職を得て帰ってきたものの、やはり忙しく、会う機会が少なかった。

冬である。季節柄、乾燥した気候が体調にどう影響するのかとか、同僚とのつき合いからストレスにも及ぶのは珍しくはないとか、新しい職場での出来事や研究成果はどうなのかといった、思いつく限りのおしゃべりをしかけた村木に、かたくなに下を向いたままの鈴木は何も言わない。

眉間に縦皺を寄せ、猫背をもっと丸めてブレザーのポケットに両手を突っ込むと見向きもしない。話が途切れて沈黙が訪れ、気まずさが漂う。村木には手の打ちようもなく思いあぐねていると、鈴木が手を突っ込んでいた左ポケットを突如、激しくゆすり出す。あからさまにイライラが現れてもやりようがなくいると、次に右手に替えて右ポケットを激しくゆすり出す。すると、揺らすのを変えて、左手が抜かれた左ポケットもシンクロして揺らされると、カチンカチンと硬い金属の触れ合う音がした。

「何、それ」と思わず村木が問うと、不承不承、黒っぽい金属片を三つ吊した輪を鈴木が、「ホレッ」と目の前に突き出す。

「何だ。鍵開けか」と拍子抜けすると、ニヤッとしてから、もう一度、上に挙げてチャラチャラと音を響かせた。

「鍵開けって何のことかね」といぶかしげに医師が問うので、

「鍵開けの達人の彼の特別万能鍵です。鉄ノコから長さが違う三つを切り出して、先端にサイズが違う三角形の引っかけをそれぞれ持たせた、彼独特の鍵です」

「何のために使うのかね」

「開発の彼は深夜まで作業があります。仕事が終わっても奥の奥に開発室がある。出るのに鍵の開け締め箇所が十一カ所もあって、一々、鍵を確かめながらの開け閉めが面倒な上に鍵束が重くてジャラジャラとうるさい。面倒になってこいつを作り、全ての鍵をこの三つで開け閉めして帰るのです」

「ヘエー、そんな芸当が出来るのか」

「彼にはたやすいことです。いいですか、先生、会社の大型金庫まで開けたんです」と言うと、医師は、

「でもね、君。このモルヒネ金庫は別物だな。麻薬Gメンが来ては、『盗まれると大事になる。もっと精巧な金庫に変えろ変えろ』とやかましい。仕方なく買ったら、Gメンが来て、『日本で一番、精巧な小型金庫だから大丈夫だ』と保証していった」

黙って聞いていた鈴木の目がキラッと輝き、背を丸めたまま、先生へクルッと向き直り、

「開けさせて下さい」と頼む。

「やめなさい。日本で一番、難しい小型金庫というから、開けるのはいくらなんでも無理だ」

と、医師はこばむ。

鈴木の能力への疑いもあったであろうが、それよりもやって開けられないとなると、完璧主義の鈴木なのだ。想定した結果と実行とが乖離して、果たせなかったのを悔んで鬱病がひどくなりかねないと医療的に心配したのだった。

ところが鈴木は立ち上がって、背丈よりも大きな鉄の備品ケースの前に既に立っている。中にすごい小型金庫が収蔵されているせいか、外側の扉はがっしりした分厚い鉄板で覆われている。

おもむろに鉄ノコ製の独自の鍵をポケットから取り出して扉の鍵穴に突っ込み、なんなく解錠した。分厚い扉が開かれると、小型金庫が鎮座している。医師の横に来ていた奥さんが思わず甲高い声で、

「私もそうですが看護師が開けようと、右に三回まわして左に二回、また右に二回とそれぞれの数字が違っていて、複雑で開けられない時があるのに、開けたとは」とびっくり仰天していた。

「分かった。分かった。君はすごい。取扱書を見ながらでも、看護師が時々、開けられない。何も見ずにいとも簡単に開けた君の実力は十分に分かった。やめなさい」の先生の忠告にも馬耳東風で、鈴木は小型金庫のダイヤルを回し始める。

「オッ、すごい。村木君、この金庫は十二ケタある。今まで出会ったことのないケタ数の金庫だ」と声を張り上げると、

「うーん、一時間はかかるかもしれないな」とつぶやく。

「分かった。分かった。もういい。やめなさい。君の実力は十分に証明された」と医師がやめさせようしたが、いったん取りかかった彼である。やめるわけがない。一時間はかかると言った金庫なのに五分で開いた。が、すぐに閉めて丸椅子に戻って背を丸め、

「これはいいことを知ったなあ。鬱病がひどくなったら、モルヒネでももらいに来るか。玄関の鍵は鍵ではないし……」と、下を向いてブツブツつぶやいたが、難物を成し遂げた喜びが鈴木

の顔に赤みをもたらして、生気がよみがえった。

彼の開け方は特殊である。一般的には聴診器を金庫に当ててダイヤルを回し、微妙な音の違いを必死に聞きとろうするのに、鈴木の開け方は「手が音を聞きとる」という独特のものだ。映画で見る銀行強盗は聴診器を金庫に当てて、慎重に数字をまわして必死に聞き耳を立てても、なかなか開かない。

脂汗を流しつつ時間をかけてやるのを、仲間はじゃましないようにひたすら静粛にしている。なのに、鈴木ときたら聴診器を使わないどころか、「手が音を聞きとる」シンプルな作業であって、村木とむだ話をしながら開けてしまった。

では、「手が音を聞きとる」独特な開け方を鈴木がなぜ、出来るのだろうか。「皆がやるようなやり方はいやだ」の反骨精神や「大勢がするやり方にはくみしない」という信条があるからだろうか。

いや、もっと問題なのは、これが本当に「稀な開け方」なのかどうかである。村木にも分からなかったので、村木の倉庫会社と取引があった鍵業者の職人に聞いてみたことがあった。

その会社には優秀と言われる鍵開け職人が幾人かいて、なかでも最優秀な人は裁判所の強制執行の折に頼まれて、鍵や金庫を開ける作業に携わっていた。たまたまその人が来たので、クリニックの金庫開けの話をしてみた。村木にすれば、驚いて賞讃するのを期待していたのに、反応は冷たく、

「そんなやり方が出来る技術者なんているわけありません。荒唐無稽の話です」と断言する。あまりにも自信に溢れた態度に、なぜそこまで言えるのかを尋ねると、

「現在、日本には難しい金庫を開けられる鍵屋は五人しかいません。彼等ですら、聴診器を当てて注意深くやっても、なかなか、音は聞きとれずに苦労してます。そんな人なんて、いるはずがありません」と、キッパリと宣言したが、世の中には尖った奇人もいる。

そこまで疑問を呈するのならと、難しい金庫を開けた話を逐一、丁寧にしてから、なんなら立ち会った医師の証人に会わせますがと村木が言うと、信じられないという顔で逃げ帰ってしまった。

どうやら鈴木の「手が音を聞く」鍵開けは彼独自のものであって、一般的には聴診器で鍵の音を聞いて開けるのが普通であるらしい。

## 指で電流を検知する

鈴木の指の敏感さは特殊で鋭いものを持つ。例えば、村木の弟が五年の海外研究生活を終えて日本に帰って来た時だった。

倉庫に置いてあったオーディオ機器を取り出して、上手く動くかどうかを二人で確かめようと電源を入れ動かしてみると、テープレコーダーの音にくぐもりがある。少し音ににごりがある程度にしても、どこが悪いのか、素人の二人に分かるわけがない。

困っているところに鈴木がひょっこり顔を出した。状況を伝えて音を聞いてもらうと、同じようにくぐもりがあると言う。

「ドライバーを持って来い」

鈴木の要請に持って行くと分解にかかり、基盤を露出させた。

遊びに来た彼である。テスターや検査機材は持っていない。どうするのかと注視していると電源を入れて、なんと人差し指検知をやり出す。人差し指をテスター棒代わりに基盤に触れて、基盤の上をなぞり出したのだ。

「エッ、指の検知」とあっけにとられている間に、ある箇所で指がピタリととまる。

「アー、ここか。ここで電流がリークしている。村木君、触ってみなさい」と言われて触ってみたものの、電流など少しも感じはしない。村木の弟がやってみたって、チンプンカンプンなのだ。

「アルコールと脱脂綿を持って来てくれ」の言に持って行くと、脱脂綿にアルコールを浸してその箇所をぬぐって指で触り、「ウン、これでよし」の独り言からサッサと再び電源を入れた。音のくぐもりは見事になくなった。時代が時代である。家電会社自体も整備されていない時のことであって、鈴木が言うには、

「多分、製作中に、バイトのおばさんの指かなんかが基盤に触れ、指紋がついたんだ」と言う。指紋の脂が長く使わない間に塩分とともにこり固まり、リークするまでになったと。

科学者の村木の弟も、「科学を超えている」と叫んでいた。

もう一つの例は、ごく最近の話だが、病の深刻さと鈴木の指のすごさを示すものだと村木は言う。それは、歳のせいで鈴木が軽い脳梗塞になって一ヶ月の入院をしたことから始まる。左半身に痺れが残って動きが鈍く、リハビリをしていた時に起きたことだ。

リハビリにはいろいろなものがあるが、そのなかの一つにタオルを雑巾に縫う作業があり、理学療法士に「ミシンを使ったことがあるか」と問われ、「ある」と答えると、「作ってみろ」と言われる。手に痺れが残っていて、初めは使うのが怖かったという。

指を定位置に置こうにも上手く定まらなかったからで、理学療法士に助けられて指を置いて恐る恐るやり出す。すると、指が覚えていて、かなりのスピードでたちまち何枚も作ってしまった。

理学療法士は驚いた。初めはモソモソの手の動きをしていたのに、そのうちに熟練の職人をしのぐ速さであっという間に十数枚も縫ってしまったからだ。

また別の作業の時にプラスチック板があった。指で触った鈴木は「これは一ミリ板だ」と言う。理学療法士はまさかと疑って無視すると、「本当に一ミリ」と再び鈴木が言う。そこで理学療法士が測定器で測るとピタリだった。ビスの直径や長さ、穴の大きさでも同じで、触っただけで当てる鈴木を不思議に思い、医師に報告した。だが、「まさか」と言って相手にしてくれない。

医師はＭＲＩの所見から右脳の一部の箇所が詰まっているから痺れがあって、左の指で分かるわけがないと考えたのだ。

ところが、たまたま実際の鈴木の行動を見る機会があった医師は仰天した。雑巾がこんなにも早く作れるのは奇跡ではないかと。多くの医師達が見学に来る騒ぎになったものの、理由が分からない。脳梗塞があるからには指は簡単には動かないのに、熟練技に近い形で素早く動く。医師連中の頭の中は「?」がいくつも並ぶ事態になった。

鈴木の指には指自体が覚えているところがあって、指にそこまで徹底して覚えさせるまでやった成果が金庫でも指の感覚だけで開けられたのはこれだと村木は思う。


こうした敏感な鈴木の指が特殊なのか、経験の積み上げから来ているのかが村木にも分からない。そこで鍵開けをいつからし出したのかと鈴木に聞いてみると「小学生の頃だ」という。

錆びた南京錠が家に転がっていたがキーが見当たらない。手で引っ張ってみたが開かないので、小さなマイナスドライバーを鍵穴に突っ込んでグチャグチャいじった。そうしたら、錠がパカンと開いた。

「エッ、こんなに簡単に開くの」ともう一度、押し込んでまたドライバーでガチャガチャやったが、今度は全く開かない。

「畜生、何てこった」と鋼ポンチを持って来て、隅をぶっ叩くと壊れて中味がさらけだされた。幸いにも中の機構は健在で、仕組みを追いかけてみると面白い。案外と簡単な仕かけであって、

「なあんだ。こんなメカなのか」と分かり、同じ錠を探してくると、小さなドライバーを鍵穴に差し込み、それと思われる箇所をはねるとパカンと開いた。

それからは色々な種類の錠や鍵を手に入れてきては、分解して構造を知った。構造が分かって来ると、細い鋼を鍵穴に差しこんで動かすと、ピンという音がする。その音を聞きながらどこが外れたかを確認して解錠したのだ。

鈴木の旋盤の作業場で、いくつもの鍵を村木も見たことがあった。何十、いや、ゆうに百を超える種類の鍵があったが、どれもが丁寧に分解され、ロックのかけ方の探究の痕跡があった。

ここまで多くの鍵の開け方の蓄積があれば、鍵に共通する機構も頭に入る。たとえ新しい鍵が出て来ても、積み重ねた知識があるので新しい部分だけを少し足し算すれば事足りる。

蓄積が物を言って次第に鍵の機構が分かり、簡単に開けられるようになったが、鈴木は貪欲なのだ。もっと簡単に素早く解錠出来ないかと試行錯誤しているうちに、素早く開けるには「手が音を聞く」技術が役立つと踏んだのだろう。

これが出来たのは鈴木の耳の鋭敏さもあるのではないのかと村木は推測する。手の敏感さを言ってるのに何で耳なんだと言われようが、彼の聴覚の鋭さと手の敏感な感覚とが上手く同調したからではないのかと。

耳の鋭さで驚いたのは村木が鈴木と会った最初の頃の話になるが、彼の店の前にいると、「オートバイが来るが、あれはヤマハだ。」と予測する。姿はまだ見えていないのにやって来ると「当り」になる。エンジン音だけでヤマハかスズキかカワサキかの種類を聞き分けられた。

ただこの鋭敏な耳はいいことばかりではない。鈴木を傷つけることもあったからで、開発に勤めて鬱になった時に二階部屋に見舞いに行くと、

「隣の家の冷蔵庫の音がうるさくて眠れない」と訴える。そこで村木が耳を澄ましてみるが冷蔵庫は隣の家の一階にあって、どうやったって、聴き取れるわけがない。耳を畳に押しつけても聞こえないのに、鈴木は冷蔵庫のモーターの低周波音がブンブン聞こえてうるさくてたまらないと言うのだ。

こうした敏感な耳のもとで最初は鍵開けをしていたが、次第に鋭敏な感覚を持つ耳と手とが連動して、いつの間にか「手が音を聞く」のが可能になったのではないだろうか。

確かに最初に手だけで開いたのは偶然だったろう。だが、それがきっかけとなって熱中してやり出した。もちろん、すべてが上手く開いたのではない。試みている途中では開かないものはいくらでもあったというが、鈴木が余人と違うのはその後だ。どうにもならない難しいところへ差しかかれば普通なら「やりようがない。これ以上は無理」という思考停止が起き、諦めて放り出す。なのに、彼は諦めずに追求した。

集中力が持続したのだ。どうしてこれが出来たのだろうか。村木ははじめ鈴木が引きこもりで外に出る事が出来ず、やり出したらそれをやるしかなかったのが幸いしたと考えたが、いや、違うと村木は思った。

というのは、引きこもりだったら誰もがそうなるわけではないからで、持続するにはどうやってやればいいかを考えているうちに、一時的にせよ、周りを目や耳に入れず、視野を目的だけに狭められることが出来たからではないだろうか。

それと「大勢にくみしない」信条があるのが強味になって、周りを気にせずに視野を狭められたのだ。奇人と言われようが変人と言われようが、「世間的なものにはくみせず、独自路線を行く」という揺るぎない信念が追求の持続を可能にした。だからいったん、試作品作りに取りかかって精力を注ぎ出すと、周囲が消えた。こりようが尋常でなくて、途中で諦めることはない。徹夜の日々が続けられたのはそのためである。

それはそうであっても、いろいろとやり方を考えてやっていくうちに集中出来たり、信条を守ったから出来たのもあったであろうが、ここまで視野を狭めて集中出来るのが可能なのだろうか。村木は考えてみたがさっぱり分からなかった。

ところが、ある時、ミイちゃんと夢中でママゴト遊びをしている鈴木を見て、ハッとした。彼女から周りの景色が消えていたが、鈴木も同じだと。幼児に近い習性を持つ鈴木なので、周りを容易に無視出来たのではないか。ただ幼児は疲れればどこでも寝てしまい、彼とは真逆になるが、「視野を狭める技」が出来るのは幼児に近いものがあるからではないかと。

これが出来る特殊な性癖を「小児気質」と呼び、「この人は小児気質を持っている」と言えるとすると、鈴木にはピッタリ当てはまる。平賀源内もそれで、また哲学者カントも同じ資質の持ち主だったようだ。

『ドイツ古典哲学の本質』の中で詩人ハイネは「カントは毎日、三時になると傘を持たせた執事を伴って同じ道を決まった通りに散策したので住人達はその姿を見て、三時と知った」と書いてある。

これなども一つのことを決めると視野を狭めて他には目もくれず、しつこく続けるウルトラ几帳面な「小児気質」を言い当てている。

鈴木の場合でも「裏切らない」科学への信頼と、「筋を通して」追いかけ続ける気概と「大勢にくみしない」という独自性を尊ぶことから、視野を狭める技を手に入れていたから出来た鍵開けではないだろうか。

ただ金庫開けをやり出したからと言っても、誰に対してもやったわけではない。どんな噂を立てられるか分かったものではないので、信用出来る人だけだった。鈴木は悪事に巻きこまれるのを恐れていたのだ。

# 二部　引きこもりから社会へ出る

## 一、会社勤めに出る

### どのように入社したのか

鈴木が会社勤めになった。

聞いた村木は信じられなかった。大勢で働くのをきらった彼の大きな変化だから「どうなっているの」とくわしい質問をしたかったが、ややこしくなりそうなので、口の中でモゴモゴして終わった。

鈴木の場合「日常生活が変わる」ということは普通の意味とは違う。というのは、毎日、意固地なまでに同じリズムのくり返しをするからだ。普通なら退屈で味気ない生活になって、こんな生活はもういいやと、日々のリズムから抜け出そうとするだろう。

鈴木は違う。

逆だ。毎日が同じリズムで同じ問題に取り組むことが出来ればご機嫌であって、大きな修理が入ってそれが崩れると不機嫌になった。スラム歩きの気晴らしは別で、己のリズムの中に取り込まれているから、変わったことをしているのではなかった。

こんなにも日々、同じリズムで生活していられるなんて、

「こいつはアホか鈍いかどちらかだ」と見られようが、鈴木の日常はこれだった。同じリズムであるから、前の日との違いが見え、次の段階に行ける。もしリズムが変ったり狂ったりすれば、蓄積する過程での微妙な変化や進歩が見えにくくなり、次の段階へ昇って行けなくなるからだった。

その意味では、学者や研究者の取り組み方に近いだろう。リズムを変えずに独りでコツコツとやるから、一見すると退屈に見えるが、オートメーション工場のような、ネジを締めるだけといった単純作業を続ける場合はストレスが溜まる。だが、彼のそれは違う。中心は追求することであって、同じものに取り組むように見えて、前日にしたものをもう一度チェックして反省して、より良いものへ進む点を決める、というやり方をしていた。だからこそ、鈴木はそれを毎日、意固地なまでに同じことに取り組み続けたが、全くリズムが変わる会社勤めをし出したので村木は驚いた。独りでのリズムが取れないのが会社システムなのだ。その中で鈴木が働くなんて予想だにしておらず、村木には想像できなかった。

そして、その日が来た。

それは七〇年代に入った、汗が吹き出るような夏の暑い休日だった。木陰に縁台を持ち出して本を読む村木のところに突然、鈴木が現れ、「乞われて、東海楽器の開発に勤めるようになった」と聞き取りにくい声でボソッと言う。

「エッ、本当か」と聞き返したものの、鈴木と会社が全く結び付かず、藪から棒で面くらい、彼を見詰めたものの、言葉を失ってなにも言いようもなかった。


振り返れば、その数年前の一九六四年は日本のメルクマールの年であった。戦後二十年近く経ち、新幹線開通やオリンピックの開催という国を挙げての大事業を起爆剤にして、世の中の潮目が目に見えて変わり、工業化が進み日本の発展の基礎になった。

鈴木に影響を及ぼしたのが、旋盤の自動化による旋盤仕事の減少と大型電器店の全国展開であった。小店舗電器店は顧客を奪われ、鈴木の店も苦境に陥って、会うと愚痴をこぼされた。

そうはいっても、村木も大学を変わって他の都市に住み地元におらず、詳しくは分からないいま鈴木の苦境が数年続いていたが、会社の開発部門に勤めるという大変化が彼に起きたのだ。

「店の経営がうまくいかなくなっていたんだろう。ちょうどいいじゃあないか」と素直に喜んで村木が叫んだのに、よく見ると鈴木は眉間にたてじわを寄せ、下を向いている。

「何だい、喜んでないのかい」とうかがうと、ソッと顔を上げ、低い声で、

「こんなオレでもやって行けるかな。どう思う」と逆に聞き返され、

「エッ、何だい、迷ってるの」と言うつもりがのど元でとまった。

「そうか、独りでやるのが性に合っていたというか、コツコツと一つのものを追求するのが彼の生き方だったのに、それをやめて勤めるなんて、大丈夫かな」との思いがつのり、

「勤めるってえのは本当か」という疑問が頭をもたげた。

「やっぱりな、一人で追求するのが好きで、人見知りの鈴木なのだ。会社に勤めるっていうのは本当なのかい？　一泡吹かせるつもりか」と頭に浮かんで、村木がキョロキョロすると、

「疑うか。マジだ。こんなのでおちょくるか」

イライラした大声とにらみつける鈴木にけおされ、やっぱり本当に会社で働くのか。心境の大変化だと考え直して、

「人間嫌いの君が大勢が働く会社に勤めるなんて、まさに青天のへきれきだな」と嫌味を言いつつ、「何といっても、本人が怒ってここまで言うからには決断して受けてきたんだ。今さら、何をか言わんやだ」と思い直し、村木はそれ以上は言うのをやめた。

とはいえ、会社で働くなんて、どうしてもイメージ出来なかった。戸惑いつつもどうして彼に大変化が起きたのかと思い返していくと、「あれが兆候か」ということにに思い当たった。

幼女との遊びが消えていたのだ。

いつの間にか彼女達が来なくなっていたが、それと会社勤めとがどう関係するのか、と疑問が

浮かびはしたものの、これらはほぼ同時期だった。とすれば、鈴木の精神に大きな変化が起きていた証拠になるのではないだろうか。

もう一つの重大な変化は、鈴木に女性アレルギーがなくなり、若い女性をいやがらなくなっていたことだ。「どうしてこんなことが起きるんだろう。幼女から大人の女性に関心が移ったのか」という疑問を持ちつつ村木は大学へ戻った。

その半年後だった。

鈴木から結婚報告の葉書が舞いこんだ。「何だって、彼が結婚したんだって」村木は葉書を見て、思わず部屋中に響く大声を出してしまった。

女性アレルギーが減少していたのは分かっていたとはいえ、あれだけ女性をきらっていた鈴木なのだ。どうやっても結婚とは結びつかない。何が起きたのか分からなくて、村木は大学が休みになるとすっ飛んで帰って彼に会い、

「何で結婚する気になったのか」と単刀直入に疑問をぶつけると、

「両親が結婚しろとうるさいから、見合い結婚した」

鈴木は答えると、プイと横をむき、取りつく島もなかった。

結婚には驚いたが、今回の会社勤めはもっと驚きを超えるものがあった。鈴木の命とする信条の変更であるからで、幼女や結婚とは質的に違う問題ではないかと思いつつ、どうしてこんなふうになったのかを考えていくと、底流に繋がりのようなものが見えてきた。

「大勢にくみしない」という鈴木の信条の変化である。

彼の強固な独立信条に「揺らぎ」が起きたのではないか。女性をきらっていたのも、女性のなにげない気配りを鈴木は干渉と見なし、「うるさい」とか「まとわりついてジャマ」とかいって、信条をくずされるのをきらった。なのに、それをくずしてまで結婚し、環境が大きく変わる会社勤めまですることになった。

ということは、鈴木の信条に大きな変化が起きていたのではないか。いや、信条が変化したというより、ネジ曲げざるを得なくなって、「孤高の職人から大勢の会社勤め」への転身が起きたのではないか。だから、根深い所で女性嫌いの消失と会社勤めは繋がっているのではないだろうか。

この考えが正しいのかどうかよりも、変える決断に至ったのはどうしてなのか。村木は探ってみたが、分からなかった。「信条は変化してない」と鈴木は言う。その通りだとすると、考えられるのは、世の中の変化の激しさが彼を変化させたのではないか。強力な「外部要因」に襲われ、やむをえなく受け入れざるを得なかったのだろうと村木は考えた。

事実、この時代には激しい変化があり、ライフスタイルにしても庶民に大変革が起きた。生活の大革新であって、エネルギー消費量一つ取っても変化の激しさは半端ではなかった。一九六〇年から一九七〇年のたった十年間なのに、地方都市郊外での生活の根幹である、煮炊きが薪で炊くかまどからガスへと変わり、水道や電気の普及も加わって使用量がけた違いに伸びた。

統計データによると、この時代の十年のエネルギー消費量は、原始時代以降の過去何千年ものエネルギー消費量に匹敵すると言われた。煮炊きは太古以来、ずっとかまど（型の変化は少しあっても基本は同じ）だったのがガスコンロに変わって生活スタイルの革新がなされ、庶民にとっては画期的な生活革命になった。この消費エネルギーの大幅な増大は現代にもつながり、その変わりようには目を見張るものがあった。

すべては経済発展のたまものであった。朝鮮戦争の特需景気をバネとして、経済政策に特化した政府は所得倍増計画を掲げた。時代はこの政策に味方して、一九六四年の東京オリンピックを好機として高度経済成長を加速させて飛躍的な発展を遂げた。惨めな敗戦後の焼け野原からの完全離陸に成功し、日本は世界から奇跡の復興と賞賛されるまでの大きな発展を産んだ。

この大きなうねりが否応なしに世の人々をのみこみ、異端な鈴木をも襲ったとすれば、あり得ないことではなかった。車の普及もこの時代であって、一九六六年にはカローラ、サニー、スバル１０００という大衆車が手に入るようになっていた。

直接に鈴木を改変へとうながしたのは、千分の一ミリの旋盤仕事の消滅だった。産業構造変化の進行が早くて、六〇年代後半からは旋盤は自動機械に徐々にとって替わられていて、七〇年近くになれば、鈴木の旋盤仕事は皆無となり、大がかりな電子オルガンの製作は難しくなった。興味のおもむくままに試作していたが、その資金の枯渇に苦しんでいたのだ。

一人で何でもやれた鈴木の古き良き時代は終わりを告げていた。そこへ、「泣きっ面に蜂」とばかりにいくつかの大型電器チェーン店の全国展開が始まって、電器店の経営さえ怪しくなった。店が何とか持ちこたえたられたのは、修理専門の鈴木がいたからで、個人商店は厳しい冬の時代を迎えたのを彼は肌で感じ、なりふり構っていられなくなった。引きこもりから社会へと窓を開けて行くと、世の中の状況が目に飛び込んできたのではないかと村木は思う。

それまでなら、鈴木が異端の変な奴だと見なしていても、放って置くだけの度量と寛容が世間にあった。ところが、世情が変わってギスギスし、余裕を失なっていった。

世の中はさらに複雑化し、組織立った社会への移行ペースが速まり、ゆったりした社会から隙間のない構造へと変わった。「利益追求」と「素早い進歩」が世間に持てはやされ、ゆったりと己のペースでやる異端の鈴木は、変な奴と誹謗されて店の経営にも響き、追い詰められて嫌っていた会社勤めを決断せざるを得なかったのではないか。

そうだとしても、どうやって入社したのだろうか。

「能力が重要であって学歴など、どうでもいい」との鈴木の言分にも理があるものの、世情は学歴偏重に傾き、学歴のない三十近い鈴木が中堅の会社に入ろうにも、難しいことは誰の目にも明らかだった。縁故がなければ試験しかないのに、開発部門ともなれば専門技術や知識を要求される。学歴社会の日本では中卒者に受験機会が認められることはあり得ない。門前払いをくらうのが普通なのに、不思議にも鈴木は入社を果たした。

もっとわかりにくいのは人づき合いを避ける鈴木が、自分から入社を望むことはあり得ない。

どう考えても奇妙な経緯を示すのが彼の入社の仕方で、奇想天外であり、考えられないものだった。

その頃、大型電器チェーン店の進出で鈴木の店も影響を受け、苦境におちいっていると、電気アドバイザーの仕事が舞いこんだ。技術力を活かせて稼げる。渡りに船と行きたいところだが、苦手の人づき合いをしなければいけない。躊躇したものの、結婚して子供も出来た。じり貧の売り上げをなんとか増さなければ家計がどうにもならないので覚悟をして引き受けた。

その内職会社は中堅楽器会社の下請けであった。数人の主婦を雇い、電気的な配線の細かな作業の請負だったが、時に分からない個所が出ても、電気知識の乏しい社長には直す技術がない。電気に詳しい技術者を探していると、社長の友人でもある鈴木の店の顧客から、鈴木の噂を聞き、この人ならと決断して、「電気のことでわからない時に教えを乞うアドバイザー契約」が小額な仕事にせよ、鈴木に転がり込んだ。彼なりに考えたのは、ひょっとしたら従業員にも顔が知られて、顧客を増やすのに役立つのではないかと踏み、契約を結んだ。

こうした決断を鈴木がしたのも、ジリ貧の店の状況もあったが、経営者として成長し、意外にも計算高さを身に着けたからではないかと村木は思う。それまでは純粋に試作品に没頭していて、経営は父親に任せていたのだが、そうもいかなくなったのだろう。それよりももっと不思議だと村木が思うのは、純粋に試作に向かい合うことと、経営から来る計算高さとが矛盾なく鈴木の中で同居することであった。全く相反するものが同居出来るということはどういうことなのか。それが小児気質の鈴木なら矛盾なく出来るのではないか。それが彼の彼たる所以ではないのかと。

その契約をしてから数年が過ぎて七〇年代に入ったある日のことだ。

「行き詰まっている。来てくれないか」といつものように社長に呼ばれて鈴木は飛んで行った。難なく解決すると、

「ありがとう。親会社に納品に行くから、ついて来て説明してくれないか」

頼まれて鈴木が親会社に行って難所を解説し、納得させて帰ろうとすると、隣の部屋でざわめきがする。

「何をしているんですか」とたずねると、新しいエレキの開発で、議論の真最中だという。

「ふうん、エレキ開発か。電子オルガンよりかやさしいな」と思ったが、「会社の開発部門とはどんなレベルなのか」ということが知りたくなって鈴木が頼むと見せてくれたのだ。

エレキ開発の現場だった。十人の開発グループが集い、口角泡を飛ばしての議論の真最中。テーブル上に中身がむき出しのエレキの試作品やエフェクター、アンプ類が無造作に置いてあった。

チラッとのぞき見たアンプの配線に、「なんというチャチな回路だ。オモチャだ」と鈴木はあ

きれた。これが世に製品を出す楽器会社の開発の現状なのか。こんなにも稚拙だったら誰でも出来るという思いが募り、「なんだ。こんなアンプだったら、一週間で出来る」と鈴木は独り言をつぶやいた。いや、そのつもりだったのに馬鹿馬鹿しさのあまり、声が大きくなって開発チーフの耳にも届いてしまった。

「何だとお。一週間で出来るだと。ふざけたことをぬかすな。いいか、この十人で二年もかかってるんだ」と脂気のない細い顔だちの開発チーフが青筋を立て、怒気をふくんで声を荒げた。

鈴木がでたらめを言うわけない。ましてや、己の技術に誇りを持つ彼への心外な反論である。やせぎすのチーフの細い目を見すえ、

「一週間で出来ます」と、鈴木がすまして言うと、

「よし、よく言った。材料を全てやる。一週間で作って持ってこい」

チーフは青白い顔を赤くしてどなり、材料全てを乱暴に投げてよこした。

いっしょにいた下請け会社の社長はふるえ上がり、

「何を馬鹿なことを言う。優秀な十人のスタッフさん達が二年もかかりきりでやって出来ないものを、アンタが一週間で出来るわけがない。早く謝れ。私が出入り禁止になる」

怒り叫んだ社長の声を背にして、投げてよこした材料を持つが早いか、サッサと鈴木は出て行ってしまった。

複雑な電子オルガンの製作に成功している鈴木である。こんなエレキアンプはオモチャに等しく、問題にもならない。一週間ではなく、三日で作って楽器会社に持って行った。その出来栄えは、開発グループのアンプをはるかに凌駕していた。

## 出勤開始

楽器会社の技術部長が顔色を変えてすっ飛んで来た。

鈴木は店の前で愛車のオートバイを洗車してる真最中で、その目の前に現れると、突然、東海楽器という名を名乗り、「我が社に勤めてくれないか」と腰を深く折って懇願する。

鈴木の丸っこい目がまん丸に見開かれたままになった。

突然である。そのうえ、意外にも「勤めてくれ」と口走る。意味は分かっても、どうしてそうなるのか見当がつかない。

何を言ってるのか理解しようと、部長をもう一度見ようとした。ところが、夏の太陽を背にした部長の坊主頭が、テカテカと青光りし太陽と重なってまぶしく、顔が見えない。手をかざして日射しをさえぎって見たものの、「我が社に勤めてくれ」という言葉のみが耳に飛び込んでくる。

場所を変えてやっと見えた部長のギョロ目が、鈴木ではなく洗車の水がオートバイからそれたまま、たれ流している方へ行っている。それに気づいた鈴木が、「これはいかん」とあわてて蛇口をひねってとめ、一息つくと冷静さが戻った。

それでもまだ鈴木には、何のことやら整理がつかない。とりあえずなかに入ってもらい、念のために父親も同席させた。

その部長は相変わらず、スキンヘッドをツルッ、ツルッと奇妙な音を立ててなでながら「我が社に勤めて欲しい」の一点張り。鈴木と父親を交互に見ては、「勤めて欲しい」とくり返す。

何も言わずにいると、「どうか、我が社の開発へ来ていただきたい」と言う。

「エッ、開発?」と初めて「開発」という言葉を聞き、鈴木はハッと思い当たった。

「そうか、アンプか。作って持って行ったアンプか。あれを見て開発に勤めてくれと言っているのか」

やっと鈴木にも事態がのみ込めた。

「なんだい、冗談みたいなものだぜ。開発チーフとの売り言葉に買い言葉から始まった単純な口げんかだよ。急ごしらえで持って行ったエレキアンプで、吟味を重ねたわけじゃない。電子に通じる人間なら誰でも出来るものだ」と言いかけたが、「あれで入社してくれというのか」と驚きを通りこし、あきれて部長を見詰めていた。

鈴木の技術力と開発力が、世に出るきっかけになった瞬間だった。

謙虚な彼である。電子オルガン作製時に獲得した独自の回路を、アンプの一部につけ加えはしたが不満足なものであって、高く評価されるなんて思いもしなかった。それよりなにより鈴木には会社に勤める気なんて、これっぽっちもない。

「どうしよう。どうやったらこの要請を断れるのか」

鈴木は助け船を求め、目が泳いで父親を見ると、寂しげにまばたいて目をふせる。父親には息子がいない店なんて考えられないからで、心配は歴然としていて、困った鈴木も下を向いてしまった。この様子を見た部長は、父親の許可がいるものと勘違いし、と父親の前で畳に両手を着いて深く頭を下げる。

暑さから青い頭に脂汗をテカらせて、部長の必死のお願いが膝談判で始まるものの、父親は修理人の息子がいない店は考えられない。かといって息子の人生でもある。「いけない」とも言えない。そういう思いは鈴木にもビンビン伝わってきた。もっと困ったのは、中卒後に勤めた電器卸店の苦い経験が「たくさんの人と働くなんて、とてもじゃあないができない。二度とゴメンだ。もうこりごりじゃあないか」と鈴木の耳元でソッとささやいたからだ。

大きな会社で働くのに向いてないということを、鈴木は重々承知している。受けるつもりなんて毛頭なかったので、単刀直入に、「お断りします」とすぐに言いたかったが、わざわざ上役が来たのである。面前で断りを入れたら無礼に当たるのではないかと怖くなった。

元々、人を怖れる鈴木である。言おうとしても、口が開かない。目の前にいるギョロ目でスキンヘッドのヤクザみたいな人を見ると声が出ない。「大口をたたいたら、なにが起きるか分からないぞ」と仕方なくひたすらテカリ頭を見ていると、妙案が浮かんできた。

「そうか、受け入れられっこない、ひどい条件を出せばいい」

わがままの限りをつくした条件を提示すれば「非常識な奴め」と怒って、向こうから帰ってしまうだろう。そうなれば鈴木は勤めなくてもよくなり、電器店も安泰、万事が上手く納まる。

そこで浮かんだわがまま三条件である。

「他の人達と一緒にやらなくてもいい一人部屋を準備すること。自分のやりたいようにさせてくれること。他の人達が自分への干渉をしないこと」

淀みなく言えるように口の中で繰り返してから、鈴木はすまして部長に投げつけた。

部長は声を荒げて拒否し、席を蹴って帰るに決まっている。怖い思いをするのは仕方ないものの、そうなれば父親の心配も消えて、鈴木も大きな会社に勤めなくてもいい。事実、もしそこで働いたら、複雑で厄介な人間関係に巻き込まれる。そんなのはこりごりだった。

ところが案に相違し、断られると踏んだ無謀三条件のはずなのに、部長の首が横に振られるどころか、鈴木の条件を聞くやいなや、ギョロ目に喜びの光を浮かべてニコッとした。青々した坊主頭をツルッと一なですると余裕を取り戻して、「承知しました」と喜色満面で答えたのだ。

見込みが違った。鈴木は取り違えていた。役員でもある部長は社長から全権委任され、「どうやっても取って来い」という厳命があったからで、一も二もなく受け入れたのだ。それに加え、もっと重大な鈴木の取り違えは「部長のとらえ方」にあった。

部長がなぜ、ここまで鈴木を高評価したのかであるが、それはその評価能力にあった。というのも部長は、いくつもの特許を持つ優れた技術屋だったからで、鈴木の作製したエレキアンプのすごさを、たちまち見抜く力を持っていた。「ありきたりのアンプだ」と鈴木は言ったが、つけ加えた回路はなんでもないように見えて、誰も真似しようとしても出来ない優れ物なのを、部長は見逃さなかった。

もう一つが部長のパーソナリティである。ギョロ目のスキンヘッドでヤクザまがいの人に見えたが、違った。それどころか、深い知識と教養を身につけたうえに、厳しい寺の修行を経た和尚でもあって、まれに見る懐の深い人物だった。優れた開発者であり、自宅が寺の和尚は小さい頃から真剣に修行を積んでいたから、尖った鈴木がいくら暴れようが彼の本質を見抜く力を持つ人物であって、鈴木を受け入れ、扱うことができるような人格者だった。

そうした人に出会ったのは村木が言うように、「ツキがあった、幸運が舞いこんだ」としか言いようがない。だが、運を呼び寄せたのは、鈴木のそれまでの努力にあったとも言えよう。それよりなにより、予期しない推移に鈴木は呆然とした。まさか受け入れられるとは思いもしなかった。超わがままな三条件である。それをなんの限定もなく引き受けたことに呆然とした。

自分が言い出した条件である。引くに引けない。断りようもなくなって、鈴木は楽器会社の開発部門に勤める約束をしたのだ。それまでの経緯は夢の中での出来事のようであったが、部長が帰ってから冷静になると、「本当に大丈夫なのか。キチンと条件を守ってくれるのだろうか」とか、「こんな大会社でやって行けるのだろうか」と不安にさいなまれ、鈴木はいてもたってもいられなくなった。それで村木のところへと駆けつけてきて、心配をぶつけたのだ。

過去の電器卸店での苦い経験が、意地悪く鈴木にささやく。「数百人の従業員がいるんだぞ。比較にならない大きな会社だぞ、複雑な人間関係に耐えられるのか」と。

## すべての修理でも引き受ける

鈴木を知る誰もが「周りと上手く行かないんではないか」と勤め初めのトラブルの発生を心配した。ところが音さたなしの出発であって、村木は、彼が緊張して慎重に行動していたのではと考えたが、実態は無謀な三条件がすんなりと受け入れられたことで、心配は杞憂に終わった。

特に一人部屋の条件は完璧だった。生産と営業の拠点である本社ではなく、そこから車で一〇分かかる市の中心部にある会社創立時の建物に鈴木の部屋が設けられた。老朽化が進みはしていても、半分は女子寮に使われ、残りの空いている半分のうちの部屋の一つが鈴木に割り当てられた。近くの部屋をデザイン開発の二人が使ってはいても、他には同僚も上司もいなかった。

本社と切り離された一人部屋である。その上、開発に必要な物ならなんでもそろえるという厚遇を受けて、居心地は素晴らしく、鈴木は久しぶりに体の底から力が涌き上がるのを覚えた。

それもこれも鈴木の才能を高く評価して、陰に陽に擁護する部長の気配りがあったからで、「人づき合いが苦手で嫌だ」という鈴木の気持ちを知った部長は、いきなり大勢の所で働くのを避けてくれる配慮までしてあった。

鈴木にはこれが大きかった。

一人でやっていた電器店での環境と似たようなものなのだ。たいした違いがないのにも増して、どんな部品でも揃えてくれるという恵まれた条件下に置かれ、鈴木の心は信じられないような高揚をした。以前の状態に戻って、水を得た魚の如く彼の実験魂が再び稼働し始めた。優れた技術を育むには環境は重要な要素であって、彼の才能が適切な環境を得て花開いたのだ。

個人事業から会社勤めに変わるという大転換である。不慣れな会社システムに馴染むまでは助手が必要だろうと、部長のメガネに適って選ばれた大学を出て三年の山中という若者をデザインの所に同居させ、慣れない本社とのやり取りや雑用を引き受けさせる配慮までしてあった。

山中の言によれば、「鈴木の優れた技術を学んで来い」と言われたのもあって、両者に取って良いものだった。こうした部長の細部の細部まで行き届いた配慮によって、スムーズに移行が出来た。

ただ、助手の柔軟な若者は優れた人物であったものの、数日後の日曜日、フラッと村木のところに現れた鈴木は言う。

「大学は一体、何をしてくるところだ。山中君は国立大学の電子科を出ているというのに何も知らないぞ。何も役立たないぞ。何でなんだ」と童顔を曇らせた。

鈴木の要求は無理なものだった。たとえ難関国立大学の電子科卒で優秀で人を受け入れる度量のある山中であっても、小さい頃から電気を独自に一から学び、試行錯誤をくり返し、格闘の末に何かを新しく作るという鈴木には適わない。独自の実験で得た豊富な技術蓄積がある鈴木とは、応用力では比較にもならない。

ただ、山中は、鈴木の実力と才能をすぐに認めて謙虚に受け入れた。山中は「やろうと決めると努力を惜しまずにやる」鈴木のやり方に驚嘆し、今までやったことのなかったエレキの磁気マイク（他社から買っていた）に興味を持つと、これがどのような理論で働くのかを追求し始め、憑かれたように徹夜してまで追い求め、実験を続けた鈴木を高く評価した。

成果が出るまでは、鈴木は追求の手をゆるめず、ひたすら努力をする。異様ともいえるような挑戦する姿勢に山中はビックリしただけでなく、その姿勢の素晴らしさにも驚嘆していた。

隔離されたところでの開発である。支えてくれる良き相棒にも恵まれ、一心不乱に集中出来る環境が与えられて、鈴木は素晴らしいスタートを切った。だが、会社勤めになったのである。本社に一週間に一回、報告をともなう顔出しや開発会議の参加も課せられ、本社の開発の同僚達とも顔を会わせざるを得なかった。

入りたての鈴木である。同僚達の懐疑の目が光る。いくら優秀なエレキアンプの新製品を作っての入社だと彼等が知ってはいても、「こんなのは偶然に出来た」とか、「続けて新製品なんて、出せるものか」というような妬みや嫉妬の目にさらされて、鈴木は傷付いた。

彼等にしてみれば、突然、才能ある男が目の前に現れたのである。彼らの自尊心は深く傷ついて、なんとか理屈を作っておとしめようとしたのだ。

無理もないが、鈴木がしてきたような厳しい追求や、徹夜してまでやる試行錯誤など、彼等には想像すら出来ない。自分達と大して変わらないはずなのにと考えるので、面白くなかったのだ。

確かにそれなりに経験や苦労をして来たであろうが、たかが知れている。努力のレベルが違い過ぎるのだ。集中と持続力に大きな差異があるのだが、他人には見えないので、彼等はそれを棚に上げ、「なあに、ちょっとした偶然で上手く出来ただけ。少し努力すればこんなのは誰でも出来る」そう考えるから嫉妬が出る。

もう一つの問題は鈴木の能力を見抜く力が、彼等になかったことだ。厳しい試練を通って来なければ、どうしてそこまで行けるのかが分からない。自分の目で評価しようにも、分からないから世俗的な評価に頼る。が、部長は違う。苦労の末、いくつもの特許を取るところまでいった人である。簡単には行きつけない苦しい開発過程を知っていて、妬みよりもそこまでやり抜ける鈴木を高評価してくれたが、こうした人物はまれにしかいない。

鈴木の才能を己では見抜けないために嫉妬心を持つのだが、そういう連中はそこらでボヤッとしていれば良かった。ところが、なにかと目立つ鈴木がいらだたしい。どうしても鈴木の足を引っ張って、自分達と大して変わりない人物とみなそうと、否応なく色々なトラブルが引き起こされた。

周りの無理解から来る冷たい視線や嫌がらせを受けた鈴木は、いくら離れているとはいえ邪魔で、頭に引っ掛かって開発にも支障を来すようになった。どうにかして跳ね返そうとしたものの、彼とて超人ではない。素早い開発を望んでも、簡単には出来はしない。加えて、入社のきっかけになったエレキアンプの改良を鈴木が完成させてしまうと、次の仕事を会社は言って来なかった。

自分の店でなら、世間から異端児とか奇人とか悪口をいくら言われようと、のうのうとしてる鈴木でも、会社で冷やかに扱われると、

「ああいう類いの人間はどこにでもいる。軽く扱われようが、意地悪されようが、どうでもいいと覚悟すればなんともないぞ」とブツブツ心の中でつぶやいてみても目障りで、心静かにはなれなかった。

もっかのところ鈴木は、エレキの肝になる磁気マイクの理論や基礎的な働きの研究に没頭していたものの、直ぐに製品に結びつきようもない。

「なんとか皆が認めざるを得ないものはないか。それはなにか。会社はオレになにを要求しているのか」とついつい村木に愚痴をこぼすまでになった。

これを聞いて村木は驚いた。

「鈴木は随分と変わった。他人の言動を気にするなんて、今までにはなかった」

世情の激しい変化にさらされて、社会への窓が強引にこじ開けられたのだろう。

「世間なんて、何だ」と気にせずにいた鈴木なのに、周りを気にするようになるまで「信条」を変化させていた。会社勤めをしたのも、この変化があったからだと思えば当然のなりゆきで

あった。

鈴木は考えに考え、「ここで必要と認められるには何をすれば良いか」ということに考えを集中した。開発そのものは勤めたばかりもあって、会社はなにも言って来ない。開発とは別のもので、誰が見ても効果が歴然と分かるものはなにか、と考えて行き着いたのが「修理」だった。

修理技術を鈴木は持っている。これなら素早く見せられ、皆にも分かって認めさせられるのではないか。商売をしていたことから身に付いた顧客へのサービス精神も手伝い、本社に顔出しした折に、壊れものがあればなんでも直そうと心に決めた。みつけたり頼まれたりしたら何でもこなして「必要な人」という立場を確保をしようとした。電気関係は勿論の事、機械系統の修理まで手を出したのだ。

自営の電器店という環境で、鈴木は好きなことを好きなだけやらせてもらった。居心地の良かった親の店で過ごした恵まれた日々を今更ながら感謝しつつ、せちがらい会社に勤めたからには、鈴木も変わらざるを得なかったのだ。それはそうにしても、修理をせざるを得なかったのは、鈴木の最低限の妥協の産物であって、やりたくてやったのではなかった。

予想通り、会社には壊れた物はいくらでも転がっていた。音の検出器もその類いで、楽器会社だけに色々な種類を持ってはいても、当時の検出器は不安定でよく故障した。オシログラフもそうで、時々、不具合からサイン曲線が乱れて本社の開発連中は参った。だが、鈴木にしたらオシログラフの扱いなんて、電子オルガン製作時に常時、使う必要上、とことん分解してあって、どこがどうなっているのか、すみずみまで調べつくしている。故障修理なんてたやすい。一目で故障個所を見ぬいて即座に修理する、瞬間修理法の技を目にした開発の連中は目をまるくした。

修理に留まらない。オシログラフの限界も知り抜き、画面に綺麗な曲線が出ても機械的にきれいな音に過ぎない。ずば抜けてきれいな音への調整は、手作業での勘の領域になる。多くの音を取り扱い、様々な音を聞いて豊富な経験を持つ鈴木である。音感の鋭さは群を抜き、他の開発の連中とはレベルが違い過ぎて比較しようもない。手出しをしようにも出来ない彼等は、鈴木のすることを指をくわえて見てるしかなかった。

こうして微妙な音の違いを聞き分けて調整する鈴木の力はいろいろなところで発揮され、彼の独壇場になったが、サービス精神から出た修理や協調する態度から、鈴木が何でも聞いてくれる御しやすい人物と勘違いされ、後々のトラブルの原因になったのは皮肉である。

得意な弱電関係なら直らないものなんて一つもなかったが、強電関係の故障の修理は鈴木にも未知であった。扱った経験などないのに出番が回って来た。

ある日、鈴木が用事で本社に行くと、高圧電源ヒューズが飛んで会社に明かりはなく業務が停止している。生産現場を持つ会社は多くの機械を動かす必要上、小型変電所を会社敷地内に持ち、高圧電源を引き込んでいた。高度成長期の生産が盛んな時では、電力を使い過ぎると当時の配電盤ではヒューズを飛ばすことがままあったが、数万ボルトの高電圧である。いつもなら強電関係の専門会社が来て直してくれるのに、別の大事故が発生しサービス全員が遠くに出払っていて、夕方しか来られないとの返事で、会社は困り切っていた。

その日は急いで製造する製品があり、電源が回復しないと納期に間に合わない。さらにメインヒューズが飛んで、全ての部署で電気が止まって仕事が出来なかった。多くの者が外に出て、思案投げ首で呆然としていた。

「これは大変なことになった。直そう」と意を決した現場の電気関係の社員が勇気を出して配電盤に近づいたが、防護服を身に付けていない。物凄い放電が始まってビリビリと髪全部が逆立ち、動けなくなった。諦めて戻るしかなく、とても近づけるものではない。皆から一斉にため息がもれた。

鈴木はその様子をジッと観察していた。確かに高圧電源なので近づくと恐ろしく放電して、髪全てが逆立つ。「でも」と彼は頭を別の方にむけ、近づいた社員を見た。放電の有様は化繊同士をこすり合わせて発生する、静電気の髪の毛の逆立ちに似ている。

たとえ数万ボルトの高い電圧にしても直に繋がっているのではない。空気を介したものなのでアンペアは少ない。大きな問題はヒューズを替えてブレーカーを上げる時だ。直接に繋がるそこは厳しいと踏んでから、予備のヒューズをその人からひったくって、鈴木は配電盤に近づいた。

ビリビリと猛烈な放電が始まり、髪が逆立ってバチバチと大きな音がしたが、

「アンペアは小さい」と呟きつつめげずに近づいて、ヒューズを交換すると、鈴木はブレーカーを上げた。

予想通り、ブレーカーを上げた瞬間に物凄い火花が散った。空気ではなく、じかに電線で繋がる所でアンペアが大きく、火傷して熱かったが、無事終えた。

会社側に大きな驚きが走ったのは言うまでもない。皆が尻込みしていたのに、鈴木は平気な顔でやり遂げたからだ。これまでのいろいろな物を即座に直す技術とあいまって、この後鈴木には「魔法使い」というあだ名がつけられた。

これは賞讃の類いではない。尖った能力を持つ異端児を揶揄して、溜飲を下げることに使われたのであって、鈴木の苦難の象徴になった。

こうした皆のやっかみや妬みが如実に示されたのが、鈴木の作った試作品への取り扱い方であった。それは知財への意識の低さもともない、その後会社に大きな損失を与えることになったのである。

## 最初の開発と特許

持ちこんだエレキアンプを改良した後、会社がなにも言って来なかったので、とりあえず鈴木は、エレキの磁気マイクの基礎研究に打ち込んでみたものの、製作には結びつかなかった。なにかしなければと、仕方なく手慣れた電子オルガンに手を出し、改良を施して試作品を作り上げてみた。だが、完成品ではないので会社に言うつもりはなかった。

ところが、開発会議が終わってチーフと話をしていると、「なにをしているのか」と仕事の内容を聞いて来る。磁気マイクの研究をしていると言ったのに、無視した上司は、「研究ではない。今、なにを製作しているのか」と、くどく追求するので、つい、「試作品で未完成ですが、電子オルガンです」と報告すると、「どんなものか見たいから、持って来い」と言い出す。

「いや、まだ完成してないから見せたくないと言うのに、

「いいから、実際のものが見たいから早く持って来い」の厳命。

「分かるのかな。機械系出身のチーフに。電気分野ではないのに」と思いつつも、上司の命令には逆らえない。相棒に手伝ってもらい持ち込んだものの、研究室と本社とは離れていたから、どう扱われたか、気にはなっても知りようがなかった。

受けたチーフはチーフで、そんなものを作った経験がない。評価をしようにもよしあしの見極めが出来ず困った。部長に上げれば分かるものの、いつも部長に頼るのは彼等の誇りが傷つく。そこでやったのがとんでもないことだった。

チーフは目利きがお粗末なのを棚に上げ、「良い製品である」という評価が出たら部長に上げようとしたのだ。彼等も彼等だった。いくら電気関係の能力に欠ける彼等であっても、目の前でサッと修理をする鈴木を目の当たりにすれば、抜群な能力であるのが分かりそうなものなのに、

「鈴木は修理の電器屋に過ぎない」というへりくつをつけ、

「開発能力があるかどうかは別の能力だ。調べて見ないと分からないじゃあないか」と、いざ調べようとしたものの、電気関係が専門外の彼等には複雑過ぎて分からない。

困り果ててしまって、どうしようと密議をした結果、他社に送って評価して貰えば分かるのではないか、ということになった。なんということか、ライバル会社の家電メーカーに送るという、トンデモない愚かなことをしでかしたのである。

とても想像だに出来ない、やってはいけないことを鈴木はチーフにやられてしまった。だが、鈴木が会社で働き出した一九七〇年代に入った頃の日本は、そんなものだった。やっと敗戦後の悲惨な状態から抜け出すのに成功して、再び戦前と同じように先進国の仲間入りを果たしつつあって、歩みを加速し出したとは言え、特許の法律は未整備のままで、知財への認識も広く行き渡っていなかった。田舎の中小企業の楽器会社である。特許の重要性ぐらいは知ってはいても、どう扱っていいのか、誰も経験を持ち合わせていなかった。

彼らは特許についてもっと詳しく調べるべきだった。鈴木を貶めたいがために、彼らの無知も手伝って、大手の家電メーカーに調べてもらうというアホな事件をしでかした。

送られた大手家電メーカーも「さるもの」である。電子オルガンの改良の真最中であったので、試しに鈴木の電子オルガンを鳴らしてみると音が抜群に良い。

「エッ、こんなにも良い音を出すのか」とビックリして舌を巻き、どうしてこんなに良い音が出るのか、回路の秘密を探ろうと、くわしく調べ出した。幸いにも鈴木の会社からは「音を調査して評価してくれ」と言われている。分解しても構わないだろうと、「調査」の名目のもとに分解しはじめた。当時は一つ一つが単品の抵抗とかトランジスターやコンデンサーで作られていて、バラして配線を調べ上げることが可能であった。

分解して調べたことを如実に示したのが、鈴木の作品をバラしたままの状態で返してきたことだった。

調査で分解してみたものの、さて、元に戻そうとしたが回路図がない。もとに戻そうとやってみたものの、面倒で上手く行かない。完全に復元するのはとてつもない時間がかかって大変なのに気づいた。どうせ「調べよ」という要請だから、バラしたままでもいいだろうと、厚顔無恥にも組み立てもせずに送り返して来たのだ。

この現実を直視すれば、鈴木の技術がライバル会社に盗まれたのは火を見るより明らかなのに、送った連中は「きちんと調査してくれた証拠だ」と喜ぶという、どしがたい反応であって、言いようもない無知振りだった。

しばらくすると、鈴木の電子オルガンと似た音の出る製品が大手メーカーの系列会社から売り出された。この時代、こうした事件はいくらでも起きたという。

他の業種でも、一つの企業が開発したものを平気で別の企業が盗む例はいくらでもあった。当時ではこうした事例が特殊ではなかったにせよ、大手メーカーに試作品を送って、まねて下さいと言わんばかりのことをしたのは愚かとしか言いようがなかった。

送った彼等にしたら、鈴木のオルガンがそこまですぐれたものを持つとは思わず、普通のレベルまで行っているかどうかを知らせてくれれば上首尾と思って送ったと言っていたらしいが、いくら田舎企業とは言え、お粗末過ぎる事件を起こしてしまった。

鈴木は大手メーカーに抗議した。だが、メーカー側はそんな不遜なことなどしないと否定する。でも、いくらそう言い張っても、盗んだ証拠に鈴木独特の音の回路を使っている。この性能を発揮するには、彼の回路がなかったなら良い音が出ないはずで、

「おたくがいう回路理論を言ってみろ」と鈴木が言うと、

「こんなのは当たり前の回路であって、特別のものではない」と平然と主張したのだ。

確かにデザインや材料は違えてあった。音については配線の隅々まで調べつくしてないと、良い音が出ないということを承知していた鈴木だったが、相手も海千山千であった。隠しようにも隠しようのない鈴木の回路図を、自社の製品にそのまま取り込むのを巧妙に避けた。部分的に少し変えると系列の子会社に持ち込んで、細部にちょっとしたものを組み込み製作するという小細工が仕込んであった。

資本力のある大企業である。こちらが出す前に製品にして販売された上に、肝心の所にも特許が取られ、彼の苦心の電子オルガンは売り出されずに終わった。

鈴木は頭に来ていた。長年にわたって試行錯誤を繰り返し、苦労の末に作り上げた血と汗と涙の結晶である。どの会社も良いものを作ろうと血眼になって開発する現場に、すぐれた新製品を送るなんて、敵に塩どころか武器を送るようなものであった。

「何でこんなことをするのか」と鈴木は怒った。が、さらにこの類いの事件がもう一回起きる

と、さすがの彼も試作品を作っても隠すようになった。

問題は直属の上司で、鈴木の作った物が良い製品かどうか、判断能力に欠けていたのを棚に上げただけではない。異端な人間を認めようとしなかったのは、日本文化の伝統と言っていいだろう。農耕民族の伝統文化である「皆で一斉に田植え」にも見られるように、一致団結が尊ばれ、異端な能力を発揮する者を評価せず、排斥へと動いた慣習的な文化が機能したのではないだろうか。

この時代、西欧に追いつき追い越せ、という機運が大勢をしめ、皆が一致団結してやることが企業に求められ、また日本の農耕民族の気質にもピッタリ合って、日本を発展させた一因にもなったのだ。

皮肉な取り合わせだった。追いつくために一斉にやることが上手く機能しても、負の部分として、鈴木のような異端児は生きにくい世界が現出したからだ。この会社では評価能力のある部長がいたから救われもしたが、敵に重要部分をタダであたえるようなアホなことを毎度されてはたまらない。社長に直談判して、「防ぐよう」申し入れをした。

## 特許問題とその行方

その後、チェンバロの調律器の特許申請でも妙な事件が起きた。信じられないことだが弁理士本人が当事者だった。

チェンバロは「音が狂いやすい」ということがついて回る楽器である。売って半年もしないうちに調律が必要になる脆弱さが顔を出して、音叉による調律が常に必要になる。手作業なので長時間を要し、費用もかさむ。だから、チェンバロは「金食い虫」と言われ、楽器会社での製造販売は敬遠気味で、作る会社が少ない空き市場になり、ニッチ（隙間）が出来ていた。そこに食い込もうと会社は目をつけ、チェンバロの製造販売を開始したものの、予想通り、「調律に金を食い過ぎる」という幾つものクレームが来た。が、調律なので処理しようにもしようがなく、参っていた。

対策を協議した結果、調律時間を短縮する機器の必要性に行き着いた。これさえあればクレームにもなんとか対応出来る。出来るなら低価格で簡単に手早く調律が出来ればいいが、調律は手作業である。どうやっても短くするのは難しいが、電気調律器なら手早く出来て調律時間も少なくて済むのではないかと開発が鈴木に要望された。これさえあれば調律も安くて済み、チェンバロはもっと売れるのではないかと。

要請された鈴木は条件を検討しながら思いをめぐらした。チェンバロは古い楽器である。前時代的なアナログの脆弱さを持ち、音が狂いやすい。これを調整する調律は音叉の振動数の聞き分けをするので、微妙な調律感覚が要求される。耳がいくら良くても聞き分けには時間がかかるが、振動数を目で確かめられれば勘の要素に視覚も加わり、時間が短くなる可能性が高い。

これには振動数をデジタル表示にすれば簡単であるが、当時のデジタル技術のゼロと一の表示では未熟で粗さが目立ち、微妙な振動数を表わせない。しかも高価であって調律機器にむいていない。アナログ的に音叉の振動数を取り出すことができれば、半音ぐらいのミーントーンを含んだ十二音域まで調べられる。勘での調律が目でも確かめられて、経験から来る調律技術にも活かされると鈴木は踏んだ。

目的が決まれば彼にはたやすい開発である。試みたのが音叉の振動数をアナログ的に取り出す電気調律器だった。そいつをサッサと作り上げて試しに調律師に使ってもらうと、振動数が目でも確かめられる簡便さから、調律技術が活きて重宝だと言われた。

販売する段になって特許も取ろうと、親しい弁理士に依頼し、特許申請書を見てもらった。するとなんだかんだと文句をつける。文句だけではない。特許申請作成に必要だと称して根掘り葉掘り、内容について詳しく聞いて来る。

いつもと違っていやに細々と調べるなと思いながらも、申請の為なら仕方ないと鈴木はていねいに説明した。ところが、結局、特許申請には当たらないと却下されてしまった。

後で分かったが、大手楽器メーカーが似たような調律器の開発中であり、先に特許を出されたら出せなくなると、大手楽器メーカーの専属弁理士でもあった彼はメーカーから引き延ばしを指示されたのではないかと鈴木は疑う。

結局、鈴木の特許そのものがそのメーカーに盗まれたのかどうかは分からなかったものの、大手楽器メーカーから出された特許を見ると彼の作ったものとほとんど同じだった。

勿論、鈴木の作った「性能が良いチェンバロ調律器」は多く売れたが、その大手メーカーからのクレームはなかった。特殊な製品で多生産ではないこともあったが、彼等に後ろめたさがあったからではないかと鈴木はいう。この事件も知財について無知であったから起きた。

これにこりて首都圏の弁理士に頼むと、特許申請がどれもがすんなり通るようになった。これはいいと喜んでいたある日、東京からその弁理士が来たので、引っかかっていた調律器の申請書を見せ、どうして通らなかったのか理由を尋ねた。申請書を読み終えた弁理士は天を仰いだまま絶句すると、しばらくしてから言った。

「ここまで詳しい申請書なら、何で提出しなかったのか、理由が見当たらない」

別の知財の例ではピアノの亜種の開発でのトラブルだった。当時はピアノが広く普及し始めたものの、ピアノを弾くと近隣から「音がうるさい」という苦情が続出した。しかし、練習が必要な人は弾かざるを得ない。弱音のピアノ製作の要望が出されたので、どの楽器会社も弱音を目指して必死に開発したものの、どんなに調整しても音が大きく出てしまう。

どこの楽器会社も困り果てていると「ピアノ隣人殺人事件」まで起きた。小さい音しか出ないピアノの開発が焦眉の急になったのだ。

特殊なピアノである。どのようなものがいいのか分からないものの、必要性の高まりから要請されて鈴木が開発した一つが電子で音を出すピアノだった。弦はなくヘッドホンで聴くもので、未だどこの楽器会社も開発してなかったが、彼の得意の分野である。電子オルガン製作のノウハウの蓄積がものをいって短期間で作り上げた。

ここでの問題点は音質にあった。というのは、電子だけにオシログラフに出た波形だけでは機械的で無機質的な音になる。そこからの調整が肝要になるが、微妙な調整技術を持つ鈴木はそれを駆使して機械的な電子音を極力消し、限りなく弦に近い音を出す電子ピアノを作り上げた。するると、またしてもトラブルが発生。右に高音、左に低音と音を動かしてステレオ的に良い音を出す回路に特許申請を出すと、大手の家電メーカーからクレームがついた。

それは「音を左の低音から右の高音へと動かすのは自分達の特許であって、そこに抵触するから引き下げろ」というものだった。動かし方の特殊技術の方法の争いではなく、ただ左の低音から右の高音に動くという大雑把なやり方が特許に触れるから取り下げろ、というとんでもない言いがかりである。

「それはおかしいだろう。古来からのピアノの形式はあなた達の発明ではない。いかに音を自然に滑らかに動かすかのやり方に特許があるから、それは違う」と突っぱねると争いになった。が、構わず売り出した。特許も取れ、すぐれた製品だけに外国でも売れ、見学者も多く来るようになった。

もう一つ、普通のピアノのように弦を持つが共鳴板を無くし、音が外に出ないようにヘッドホンで聴く「ライトピアノ」という製品を作った。弦の強さとキーを押すタイミングを上手く合わせるセンサーを開発して作り上げたものの、また大手メーカーからクレームがついた。しかし、そんなことは無視して特許を申請してこれも受理された。

いずれにしても、この時代では特許を申請すると、別会社がそれを見て、同じ物を作って先に売り出しても申請中というので生産を止めさせる手立ては何もなかった。あれよあれよという間に売れに売れて、特許申請が下りるまで売りまくり、特許が下りたらさっさと引き上げるということがよく起きた。大手メーカーの横暴に、中小メーカーは泣き寝入りするような事件はいくらでもあったという。

会社が特許について理解するまでには高額の授業料を払ったが、それからはこうした事件がなくなるという、愚かな経験をした。

見方を変えれば、当時の競争の激しさを物語るものであって、相手を蹴落としてでも、という熾烈な競争があったからこそ、日本が急速な発展を遂げたとも言えよう。それはそうであっても会社は大きな損失を被ったと鈴木は言うが、トラブルが色々とあるなかで幸いにも真摯な大手家電メーカーを探し当てたのも、こうした経験があったからだった。ＯＥＭ生産を依頼したサンヨーがそれで、信頼出来る会社だった。

こうして世知がらい経験を経て鈴木は成長したものの、内部での嫌がらせも多々あった。そのうちの一つが技術部長の開発したピアニカという簡易楽器の調律器の件である。小学生でもたやすく演奏出来る楽器なので広く普及していたものの、「調律器が使いにくい」という苦情が出た。調律器の改良が求められたが、チェンバロと違い繊細な調律は不要である。簡易なデジタルの試作品をアッと言う間に作り上げると、鈴木は生産に乗るかどうかを確かめようと、本社の現場課長に実物を見せに行った。

「生産に乗るかどうかは試してみないと分からない。ちょっと借りたい」と頼まれて、鈴木は試作品を置くと本社を後にした。

一週間後に課長に会いに行き、「その後、どうなったのか」と鈴木が尋ねるとオドオドして様子がおかしい。何が起きたのかと探って行くと、課長がまるで自分が作った試作品かのように社長に報告してしまっていた。

鈴木に脇の甘さがあったにしても、まさか現場課長に横取りされるとは思いもよらず、ショックは大きかった。

世に出たばかりのＩＣチップを使ったこの製品は、縞模様が出るのを目で見て分かる画期的なデジタル製品であったが、鈴木にとってはたいした発明品ではない。諦めたものの、まさか現場課長という内部の人間からも特許を取られてしまい、鈴木はますます、人と会うのがいやになるのを増した。

## 螺旋状のドリルの刃を研ぐ

鈴木の原点でもある電子領域では経験と技術が蓄積されているので、目をつぶっていても出来る代物がいくらでもあった。入社したてこそ開発目的が定まらずに滞ったが、決まれば開発スピードが速い。開発グループや周囲からその「速さ」に目をまるくされたが、彼には容易なことだった。

「速さ」の秘密の一つは電子オルガンの製作で蓄積された技術が活きたことと、もう一つは鈴木が旋盤の熟練者なので、会社の旋盤を使うことができ、特殊部品を自前で作れたことが大きかった。

開発に際しては、ネジ一本でも新しく専門会社に頼むが、発注しても作るのには一ヶ月ぐらいはかかる。加えて、とんでもない高い料金をとられる。

オリジナルな注文品なので仕方ないところもあって、一個を作るのにもそれだけにかかりっきりになるので、手間暇がかかって高かった。ところが、フライス盤や旋盤を操れる鈴木は熟練工をも凌ぐ技術を手にしていた。会社の旋盤などを使わせてもらえれば、自力で部品を作れたから早くて費用もかからなかった。

ところが、鈴木が旋盤を使わせてもらうには難題が横たわっていた。厳めしく大柄で頑固な現場長から拒否され続け、開発も滞った。拒否の理由は、現場とは違い、開発は頭脳だけの部署なので使えるわけがないと決めつけられたからで、それをどう説得するかにかかっていたのだ。

本社の製作現場には色々な機械や道具がそろっていても、既に自動機械に移行して、古くさい旋盤は使われずにほこりをかぶり、使っていなかった。にもかかわらず、現場長はがんとして使わせてくれない。もちろん鈴木は、肌の浅黒い大男の怖い現場長に勇気を出して、「旋盤や道具類を使わせてくれないか」と、何回も頼み込んだ。が、頑として受け付けてくれない。

現場長からすれば「現場を知らない頭でっかちの開発者」としか鈴木を見ない。素人がこんな複雑なものを使えるわけがないと決め付けられ、もしも使って怪我でもされたら自分の責任問題にもなるし、いくら古びて放ってあってもたまには使う。道具を壊されたら元も子もなくなるからだった。

ところがある日、どうしても急がなければならない開発部品が出て、必死の思いで頼み込んだが頑固に拒否して相手にもされない。このままでは遅れてしまう。どうしたものかと鈴木が頭をひねっていると「技があるのを見せたら使わせてもらえるかも」という考えが頭に浮かび、作戦を立ててみた。

鈴木がしたのは目の前にあるドリルの刃だった。そいつを手にとって大きな背中の現場長に、「この刃はもう駄目ですよね」と問いかけると、「ホホウ、刃の良し悪しが分かるのか」という顔になり、

「そうだ。これは研ぎに出す。ドリルの刃は螺旋状の極薄刃なので、研ぐのが難しいからな」と冷たくあしらわれた。

現場長を背にした鈴木は、脇にあった砥石を取り出すと水を加えて研ぎ出す。見て見ぬふりをしながら現場長は心の中で「出来るものか」と無視した。

以前には研げる年配の社員がいたから、当然砥石があった。だが、定年で辞めてしまい、現場

で研げる人は一人もいないぐらいに研ぎは難しいものだった。

研ぎ終わった鈴木は、「これくらいでどうでしょうか」と、ドリルの刃を現場長の目の前に突き出す。現場長はマジマジと刃の研ぎ具合を見て驚き、急いで鈴木の差し出したドリル刃を奪い取った。近くで見たり、明かりにかざしたりしながら、「ウーン、ウーン」と唸っている。

「旋盤を使いたいんですが、使わせてもらえませんか」と鈴木が大きな背に声をかけると、ビクッと一瞬、大きな身体を震わせた現場長が振り返り、「アー、いいとも」と笑顔で答えた。

螺旋状のドリルの刃を研げる人間は滅多にいない。それだけの腕のある人が旋盤やフライス盤を使えないわけがなかったからだ。

## 二　トラブルの多発

### 本社への移動

鈴木は胸騒ぎがした。

根拠がなくもなかったが薄弱で、仕事にかまけて忘れてしまうような危惧感。

「来て欲しくない。でも、来そうな気がする。いや、いつかはきっと来る。」という予感だった。そのことで村木にも時に愚痴をこぼしたから、よほど避けたいことだったのだろう。

虫の知らせというのは時に本当のことを知らせたりする。鈴木にとって、この来て欲しくない、一番に避けたかった事態である本社への移動命令が来てしまった。鈴木がもっとも阻止したいことなのにである。

鈴木にすれば、今の場所は居心地がいい。隔離されていて誰にもわずらわされない素晴らしい空間だからだ。自分の好みで作り替えが自由に出来て、工具や部品類が種類別に整然と壁にかけられていた。欲しい物があれば即座に手に取れる近さにあるのに機能美が際立ち、見た誰もが感嘆の声を上げた。時間も自由に使え、永遠の住み処というような落ち着きがあり、気に入っていた。

ただ、建物は古かった。敗戦後間もない創業時の安普請の社屋なのだ。時代を経て汚れが目立ち、隠しようがないみすぼらしい外観をしていた。とはいえ、誰にも邪魔されず一心不乱に開発へと向かうことが出来る快適空間であった。

鈴木はこの静寂の中、日々の仕事を心の底から楽しんでいても、口さがない本社の連中はやっかみもあって、「外壁板はボロボロ。古い形の四つのガラスの木枠も古びて汚れてささくれ立つ。みじめったらしいたら、ありゃあしない。あんな醜悪な所によくもいるな」とくさされたが、まるで気にならなかった。彼の見方からすれば、いくらボロな外観であっても、四枠の窓から陽射が射し込むと、空気の粒子がキラキラ煌めき踊って心をときめかせたからだ。

今日は違った。

春を告げる立春というのに、窓から見上げる空には分厚い鉛色の雲が重く垂れ下がり、今にも氷雨が降ってきそうだった。気分が押さえ込まれてクサクサし、何をやっても乗れずにいた午後三時、古時計の鐘の音を合図に山中が部品を届けてくれた。

これはいいと、「やめた。潮時だ」と鈴木はコーナーにあるすり切れが目立つレザーソファに移って、ドッカリ身を沈めた。手元にある黒小箱の引き出しに手を伸ばし、時代物のキセルと「刻みタバコ」を取り出すと、火皿に「刻み」を詰めて火を点けた。至福の一服が身体の奥の奥まで突きぬける。

「アー、疲れが飛んで行く」と火皿の灰をポンと叩いて灰皿に捨て、ホッと一息付いている時に、テカル頭がヌッと半開きのドアから突き出た。技術部長だ。

「珍しくご来訪だ」と注視をする間もなく、深く腰を折る山中に軽い会釈を返すとギョロ目を鈴木に向け、「ここを壊すことになった」とつぶやく。

予感が当たったのだ。

鈴木は「エッ」と口走って立ち上がった弾みに、刻みタバコの箱を手で払って床にぶち撒けた。はげかかった薄クリーム色のじゅうたんのそこかしこに飛び散り、焦げ茶の斑模様を描いた。

「刻み」を、座りこんで拾い出す鈴木と、傍に来て手伝う山中の頭ごしに、

「ご存知の通り、ここは消防署から危険建築に指定され、前々から何らかの手を打てと言われて久しい。忙しさにかまけてなにもせずにいたら最後通牒が突き付けられた。直すにはお金がか

かり過ぎる。撤去することになった」

部長は一気にまくし立て、「戦後に建てた安普請な建物であっても会社の原点である。残念に思うが、取り壊す」と付け加えた。

「無くなるのか」とガックリ肩を落とす鈴木だったが、一呼吸おいて上目づかいに部長を睨み、

「ということは『出て行け』という通達ですね」と反撃を始めた。

「いや、すぐではない。一ヶ月後だ」

「一ヶ月後なんて、すぐじゃあないですか。そうか、一ヶ月後にオレは会社に居れなくなるのか」

「まあ、待て。慌てるな。せっかちだな、君は」

「せっかちでも何でもないです。一人部屋を無くすのは、『出て行け』という命令じゃあないですか」

「短気を起こすな」と目をパチパチする部長とオドオドする山中。

「いいかい、鈴木」と、体制を立て直した部長が鈴木を見据え、「君も知っての通り時代が変わり、会社は激しい競争にさらされている。楽器会社間での特化が始まっていろいろな楽器を作っていたのでは生き延びられない。大手はともかくも、A社はピアノに特化し、M社は管楽器に、S社は児童向け楽器にと、それぞれ社運を賭けて既に勝負に出た。今までとは状況が違う」

「そうか、ここ最近、利益、利益と会社がいい出したのは、それでか」

山中がポツリといった一言をとり、

「その通り。どの会社も存続に必死で、ガケっぷちにいる。余裕のある会社なんて、どこにもない」

いわれてみれば開発部品の購入に条件が付くようになり、「おかしい。妙だ」という感じが鈴木もしていた。

当時、為替の変動相場制への移行やオイルショックもあって、世の中が騒然としていた。トイレットペーパーがスーパーからなくなったり、物価が急に上がったりで、庶民生活も逼迫していた。

そういう状況ではあったが、鈴木にすれば一人部屋が無くなるのは大事なのだ。好きなことを好きなようにやらせてくれたから息を吹き返した鈴木なのに、本社への移動は開発の「勢い」に水を差す。いや、マイナスになるかもしれない。こうした時代の趨勢から利益追求をせざるを得ないにしても、会社が余裕と寛容を失ったら、オレの居場所はなくなると鈴木が呆然としていると、

「本当に辞めるんですか。父親が家の電器店をたたんでしまったと言っていたのに」

山中の突っ込みが入る。

「いやいや、鈴木は辞めない。家の事情は知らないが、今やっと開発が乗って来たとこだ。技術屋がこんな美味しいところで放り出すわけがない」と部長。

「そうですよ。エレキの磁気マイク理論がやっと分かったと喜んでいたじゃあないですか。新実験段階に入っているし」と二人共、痛いところを突く。その通りであって、鈴木が辞められるわけがなかった。

三者共、黙り込み、重い沈黙がただよった。しばしの沈黙の後、鈴木がキッと身構え、思い出したように「じゃあ、一人部屋はどうなるんですか」と部長を鋭く睨んだ。だが、部長は逆でギョロ目に余裕の笑みを浮かばせると、ツルッと頭を一なでして、

「入社条件は守る。悪いようにはしない。心配するな」という即答に、鈴木は下を向くしかなかった。

## 退職願い事件

鈴木の本社での初仕事は就任式への出席だった。一緒に紹介された中途入社の新上司は前任の細身で背が高くひからびた肌をした押しの強かった人物とは違い、背が低く小太りで四角っぽい顔に笑みをたたえる穏健そうな人物だった。

新上司は緊張のあまりなのか、唇や頬を崩しているのに、目が笑っていない。「ひょっとして作り笑いか」という思いが鈴木の頭をかすめたものの、新しい一人部屋の騒音や侵入の問題が心に突き刺さっていた。「どうしようか。どうしたらいいのか」ということが頭の中を占領して、新上司云々どころではなかった。

結局、鈴木は一人部屋はもらえた。

とはいえ、パーティーションで囲った簡易なものである。騒音が無遠慮に侵入して来て、中には金属を引っ掻くような音や、一瞬であってもデカい音が響いたりする。集中が途切れるので、つい「どうにかしないといかん。何とかならないか」ということが鈴木の頭の中を行きつ戻りつする。しかし余分な空間が本社にあるわけない。不満を無理にしまいこんでも、鈴木の心は晴れなかった。

ただ、今度の新上司には救われた。気を遣う人で、鈴木一人の区切り部屋に入るのにも、ソッとドアを開けてすり足で近寄って来る。威張り散らすのが鼻に付いた前の上司とは大違いで、ホッとした。

問題なく始まったはずだった。なのに、二週間後「旧型アンプの改良」を緊急に頼まれ、鈴木が微妙な音の違いに神経を研ぎ澄ませ、耳をそばだてている最中に上司が現れた。

没頭する鈴木の傍らに立って気づくのを待っていたが、いつまでたってもその気配がない。困った上司は鈴木の肩をポンとたたいた。

軽くとはいえ、身体に触れられて驚いて吾に返ったものの、頭や耳は音の聞き取り体制のままで、外界へと切り替えが出来ていない。そのボンヤリしている鈴木に、穏やかな低い声で上司はなにごとかを言った。微かな音の違いに聞き耳を立て、外からの受け入れを遮断した状態のままの鈴木である。意味が分からないどころか音も不明瞭で聞き取れず、「何を言ったのかが分からない」から聞き返そうとすると、あわてた上司は出て行ってしまった。

緊急会議への出席要請だった。聞き返すひまもなく、会議があるかどうかも知らなかった鈴木は出席できるわけがなかった。

ところが、「肩をたたいて向き合い、伝えてうなずいた。なんで出ない」と、上司は怒り、部長に委細を報告すると、部長は「没頭している鈴木からは周囲が消える。配慮してやってくれないか」と鈴木の味方をした。

「なんで彼の方に味方をするんだ」と上司は怒り、「だってそうではないか。返事をしたんだ。分かっていたはずだ」と怒ったものの、部長にはたてつけない。相変わらず鈴木のとこへはソッとドアを開けてすり足で来て、側で黙って立ったが鈴木は気付かない。

時に鈴木が気配を感じ、「なにか、ご用でしょうか。ちょっとお待ち頂けませんか。取りこみ中なので」と丁重に返す時もあったが、大半は反応がない。「何てえことだ」と上司が憤慨する様子を「フンと小鼻を鳴らせ、小柄な体をブルッと震わせてから、二、三回、五センチ底上げ靴を軽いステップダンスのようにタンタンとリズミカルな音をさせて帰る」と、見てきたような噂が立てられ、会社中に広まっているという。

「それ、本当か」と総務課に異動した山中に鈴木が確かめるとそうらしい。鈴木にすれば、仕事の最中に来る方がおかしい。集中のあまり、周囲が消えようが消えまいが、上司が来なければ問題は起きないのに、よく来るものだ。

山中によると、超一流大学出の総合商社勤めだった上司は誇り高く、真面に言わないまでも、「(あなた達とは) 出来が違いますよ」という意味を言外に含んでいる。周りが快く思うわけがなく、評判はひどいものであった。

「なんだ、あのふるまいは」とか、「フン、じゃあ、どうしてこんな田舎の中小企業に流れてきたのか」という上司の悪口が会社中に広まっていたが、鈴木にはそんなことはどうでも良かった。なのに、事態は悪化する一方だった。

きっかけは開発会議で対座したことにあった。上司の真正面にたまたま着席した鈴木にジロッと一瞥をくれたので、「なんだい、威嚇でもする気か」と強く見返すと、鈴木の鋭い視線を迎え撃つ上司の目に仄暗い光が閃めいた。「エエッ、なんだあの、気持ちの悪い目の色は。なんで蛇の目みたいな青暗い光を放つのか」と一気に気分が落ち込み、「くそ、なんてえ奴だ」と思い反抗的な態度になった。それに上司は気付いて目を細め、穏やかな笑顔に戻したものの、既に遅かった。

「仄青暗い光の閃めき」が鈴木の中に深く入り込んでしまい、不快感に突き上げられた。「好かん色であっても一瞬だ。一時の目の錯覚ではないのか」と思い直していると、部長が席に着いた。

ジロッと鈴木を見る部長のギョロ目と鈴木の目が交叉する。「ああ、なんという暖かな目だ。

血も涙も愛もある光だ」とホッと胸をなで下ろし、「不快でいやな光の上司の眼差しを追い出してくれてありがとう」と部長に感謝をしたのに、それが逆効果になった。

そうなのだ。穏やかで暖かな部長の眼差しが頭の中に入りこんで来てしまうと、「この大きな違いはなんだ。穏やかな目とおぞましい目との差異はどこから来るのか」という思いにせっつかれ、せっかく消えたと思った上司の仄青暗い光が復活して、鈴木の脳裏にへばりついてしまった。

それからというもの、鈴木の部屋に上司がソッと入って来ても、脳が感応して放たれる仄青暗い目の光を感じる。

「陰湿な気づかいで気配を濃厚にするからだ。来るのは勘弁してくれ」

遠ざけようと鈴木が慇懃な応対をすると丁重になったととられ、気をよくした上司が繁く部屋に来るようになった。

もっと困ったのが、鈴木の応対が遅れるとフンと鼻を鳴らして帰るが、その時に足音をたてずにすり足で床に靴底をこすらせ、ザラザラした音をたてることだった。その音が耳にさわって、鈴木の脳をひっかき回したからだ。

上司とはよほど性格があわなかったのだろう。鈴木は開発に没入することに務めたが、さらに相手にされなくなった上司は、「いつ行っても鈴木は利己的に仕事をしていて、協力的でなくて困る」と、それとなく鈴木の中傷を振りまくようになり、集中した状態での鈴木のボンヤリした応対を、「上司をおろそかにする振る舞いで礼を失する」と非難を込めて言い回った。そんなことをしようがしまいが勝手だと考えた鈴木だったが、周囲は違った。くり返し悪口を聞かされているうちに、「そうかもしれない。鈴木はおかしい」という流れへと変わって行ったのだ。

元々、新しい上司をいやな奴で面白くもないと相手にしていなかった皆だったのに、異端な鈴木に批判の目が向き出すと流れが変わった。

「大勢の所に勤めて、無理解の海の中に放り込まれると、こうなるな」

鈴木が臍を噛む事態になっても、山中のような支援者が身近にいない。応対のつたなさや利己的に仕事に打ち込むことは事実なので、批判されても変えようがなく、放って置くと非難の空気が拡がっていき、反鈴木グループまで形成された。

「なんであなただけが、一人の空間を持てるのか」という特別待遇の鈴木の部屋へ非難を集中させ、攻撃して来たのだ。時を変え人を変え、しつっこく難じて来る。

「何で鈴木だけが」と次々に皆に言われれば、鈴木も開発に支障を来す。

「これは入社の条件だ」と反論しても、誇り高き上司は違う意味にとった。

「一人部屋は鈴木のトラブルの多さから、仕方なく与えたものだ」と勝手にとらえていたのが

「入社条件だ」と言われ、部下のほうが「破格な厚遇」を与えられるのはどうしてなのか、と上司は自尊心をいたく傷付けられた。

「一人部屋をもらえるなんて、あなたは能力があるんですね。でしたら早いとこ、売れる物を開発してくださいな」と皮肉たっぷりな嫌みを言い出した。

周りも周りで、会う度に鈴木にいやみな言葉を浴びせる。

イライラした鈴木が、「うるさい。どっかに行け」と怒鳴ると、「何だ、魔法使いのくせに、まだ出来ないのか」という声が四方八方から飛んで来る。

「あなた達は、エレキ本体の材質の開発をしないといけないはずだ。忙しくないのか」と言っても多勢に無勢である。

「一人部屋で優遇されるあなたは、皆と違う厚遇なのにまだ出来ないとは。魔法使いもたいしたことないな」

皆に立て続けに言われていや気がさし、家の事情もすっ飛んで、「そこまで言うのなら辞めてやる」と鈴木は「退職願い」を部長に叩きつけて帰ってしまった。

この望外の展開に上司グループは祝杯をあげたが、会社にすれば鈴木に辞められたら、代りなんているわけがない。その上、エレキシリーズの立ち上げ計画を練っている最中でもある。「辞表」が叩きつけられたからには、部長を彼の家に派遣してなぐさめに行ってもらい、どうしても会社に戻ってくださいと頼みこむしかない。

会社で唯一信頼している部長には鈴木も弱い。彼の頼みを聞かないわけにはいかなくて仕事に復帰するものの、上司グループにすればせっかくいなくなったのに、なんで復帰させるのかと怒り出し、ワイワイ騒ぎ出す。

「鈴木は特別だ」と、ギョロ目をむいて部長が説得にまわってくれても、連中は聞く耳など持たない。鈴木にすれば会社に戻っても、上司グループの粗暴な言動にさらされる。

「給料は要らない。家で開発する」と部長に宣言して帰ってしまった。鈴木にすれば開発さえ出来ればどこでもよかった。だが時おり部品を会社に取りに来て、連中と出会ってしまう。

「何だ。まだ辞めないのか」

「お前らに言われる筋合いはない。給料は要らないと言ってある」

「当たり前だ。開発しないお前に、給料なんか払えるか」

こんな言い争いから、特別扱いの「区切り部屋」への誹謗中傷が口をつく。アンプ開発の成功や修理で会社に重んじられていても、仲間に入ろうとしない異端な鈴木の優遇が気に入らなかったのだ。

相手がしかけて来れば、降りかかる火の粉は払わざるを得ない。対抗して大ゲンカになり、再び鈴木は「退職願い」を叩きつけた。

連中には思うツボである。「鈴木は開発が出来る大物とは違う」と皆に知らしめ、「鈴木は役立たず」と貶める思惑があった。

だが、二回の「退職願い」叩きつけ事件は彼等の思惑とは逆に動いてしまった。事件が余りに異様だったからである。

というのも、もしも鈴木以外の開発の誰かが「退職願い」を会社に叩きつけたとすれば、「ああ、そう」と受け入れられて、万事休すになる。なのに、鈴木は逆で、青い顔の部長本人にとんで来られ、「どうしても戻って来てください」と頼みこまれる。こんなことは起こそうにも、誰もが起こせるものでなかった。

この事件が示したのは「どうしても会社は鈴木を必要としている」、「一人で仕事をするのを鈴木がいかに大切にしていて、それを会社がいかに支持しているか」

この根底に潜んでいた二つのメッセージを、否応なしに表に浮かび上がらせ、会社中に知らしめてしまったのだ。

この時代、会社というものがより複雑化し、組織的に整備された結果、ギシギシとすきまのない社会に突入していた。大半の人達が会社の一つの歯車になって、個人の自由はきかないのが当たり前になっていたのに、「自由にやりたいように」実行に移す鈴木の振る舞いはあり得ない話であって、この時代の「ヒーロー」なのを皆に印象づけた。

上司グループ以外の人達は鈴木の特別扱いに驚きあっけに取られ、いかに会社が鈴木を大切にしているかを目の当たりにして、大半の人達は「区切り部屋」問題は特殊なことで仕方がないと諦め、鈴木に有利に働き出した。

しかし、上司は違った。相変らず陰湿で、蛇のような青暗い光を放ちつつ、鈴木の貴重な持ち物の古い電気技術の雑誌や昔の部品に目をつけ、「場所をとる邪魔なゴミだ」と皆に宣言すると、それらを捨て出した。

家で開発していた鈴木は、そんなことが起きているとはつゆほども知らない。たまに出社すると古い雑誌や部品が少しずつ消え、不審に思っていたある日、鈴木が会社に行くと上司が貴重本を捨てるのを目撃する。ケンに教えた時にも使った絶版ものばかりの宝物の雑誌である。これ以上のひどい実害はない。鈴木は感じたことのない強い怒りに襲われ、「いくら古くても大切な雑誌や部品だ。私物に触るな」と叫んで上司につかみかかった。

鈴木の出社を知らなかった上司は不意をかれ、

「こんなにも薄汚れている雑誌や部品のどこが貴重ですか。ゴミです。まわりを汚します。新しくてもっと重要なものを置かなくてはなりません。ここは私的な置き場所ではありません」と四角い顔を紅潮させて激しく反発した。

上司が腕をふりほどこうとしても、以前、店で冷蔵庫や洗濯機を運んでいた鈴木なのだ。もがく小柄な上司を簡単に押さえ込むと、部長にも来てもらって社長室に連れて行き、事の次第を社長に聞いてもらうことになった。

上司は社長の前で必至に抗弁したが、始まって一分もしないうちに、突然、社長の雷が落ちた。

「バカ者。そんなことを言い立てるのなら、君が辞めろ」

上司は真っ青になり黙った。多分、社長はいろいろな事件を部長から聞いていたのだろう。それ以来、鈴木の問題に口をはさむと、自らの身上が危ないと自覚した上司は鈴木を避けるようになり、実害がなくなった。

これ以上はなにも望まなかったが、ここまで問題が大きくなったのは上司グループに属していたからだということで、その後鈴木は社長直属の特別部下の部長待遇という身分になり、思い切り何でも出来る場が提供されるようになった。

## 「第三の目」の働き

こうして上司との諍いが決着をみたので、部長から、「会社で仕事をしてくれないか」と乞われて鈴木が出社すると、パーテーションが厚いものに変わり、音が入りにくくなっている。部長の配慮であったが、周りからすれば面白くない。

元々、黙々と開発に打ち込む鈴木の姿勢が、周りを無視しているとか傲慢だと捉えられていた。そんな意図が彼にあるわけないのに、周りは嫉妬と嫉みを燃え上がらせ、目に見えない嫌がらせが再び始まったのが、マイク開発を頼まれた時であった。エレキへの特化が計画されはしても、会社の命運を左右する企画である。「他に売れる物があるかも」という反論も出て、会議、会議でなかなか、開発の一歩が踏み出せないでいた。

しびれを切らした社長が「つなぎにギターをエレキにするマイクの開発を先にやれ」と言い出す。

当時、エレキは高価で、買えない層がギターにマイクを付けて、簡便にエレキへと変えるのがちょっとしたブームになっていた。そこにねらいをつけ、

「ギター音を拾うマイクを作れ」という社長要請が、鈴木にくだされた。

単純なマイク開発である。これまでにつちかった知識と技術でなんとでもなりそうなので、「あい間に挟んでこのマイク開発しろと言うのも、無理ないか」と軽く捉えた鈴木であったが、開発に先立って、他社マイクの性能を調べようと思い、「既に発売されてる他社のマイクを集めてくれないか」と開発の若者に頼んだ。

返事が良かったので待っていたが、二日経っても持って来ない。「おかしいな」と鈴木が探りを入れてみると、その若者に周りから「行くな」といういやがらせがあったらしく、滞っていた。

頼んだ男に問題がなかったにせよ、「これは、いつまで待っても来ないな」と判断して自分で買って来ようと、鈴木は楽器店に行った。ついでに部品もとＲＫ商会に行き、なじみの店主と話をしていた時である。

人の気配を感じてフッと鈴木が横を見ると、見覚えのある男がニコニコしている。

ケンなのだ。

ビックリして、「どうしてここに」と問うた。ところがケンは、ニコニコして何も言わない。しばらく間があってから、「ご迷惑をおかけしました」と頭を深々と下げた。

言いたいことは山ほどあって、喉まで次々と出かかったが、鈴木は呑みこんだ。横に会社の制服を着た同僚がいたからで、何も言えずにそのまま別れた。

ケンが失踪したことは、様々な事情からそうしたんだろうが、今は何事もなく元気に勤めているようだった。「仕方ない。良しとするか」と鈴木は思った。とはいうものの、複雑なものが残り、ぬぐい切れなかった。

ケンに会った経緯を鈴木から聞いた村木は驚いた。「エッ、なにも怒らなかったのか」と。これまでの鈴木なら、何の報告もしなかったケンの態度に激怒したはずだ。

今までなら、「あれだけ心配をかけておいて、なにも言って来ないなんて、なんだ」といきなり怒鳴ったであろうに、怒りが抑えられ、ソフトな対応をした。鈴木がいろいろな経験を積んで社会への窓が開いて周りが見えてきたからで、これまでとはうって変わって己を客観視出来るようになり、すぐにキレたりしなくなった。

村木はこの変化を考えた。

これは脳科学が言う「背内側前頭前野」が活性化したせいではないのか。他者の目を気にして己を対象化し、自分がどう見られているかに気を遣う部位である。言ってみれば、他者から己がどう見られるかを知る「己のなかにあるもう一つの目」であって、「第三の目」とも言えた。鈴木に即してみると、開発に没頭すると「第三の目」の窓が閉められて他者の動向を視界に入れないようにする。言ってみれば、この窓を狭めたり閉ざしたりして、他者の影響を最小限に留めることが出来たのではないか。他者の存在が小さくなったり、消えたりしたことで集中が持続出来たのであって、ここに鈴木のパワーの秘密があるのではないかと。

鈴木に異変が起きた。

他者との協力が会社では必須である。鈴木が「第三の目」の窓を開けざるを得なくなって、さらに窓の開きが大きくなり、自分がどう見られるかに気を遣うようになって起きたのではないかと考えた。開発に没頭すれば窓は閉められ、周りは消えるものの、そうでない時では窓が開きやすくなったので、鈴木は周りからのいやがらせが気になってしばしば鬱に陥った。

こうした奇妙な態度をとる鈴木を深く理解する部長が、「開発に没入すると鈴木は周りが見えなくなる」と口を酸っぱくして周りへ説得にまわってくれたものの、自分だけを基準にする連中は、「単なるわがままだろう」とか、「本当に周りが視界から消えるなんて、あり得るのか」と本気にしなかった。

実の所、鈴木のように窓を閉めて他者の動向が消えるということは大人ではあり得ないものの、小児ではよく起きる。遊びに夢中になると周囲がスッカリ消えてしまうが、鈴木の「第三の目」も小児に似て、窓を狭くしたり閉めたりして己の世界のみに居られたから「小児気質」と呼べば彼にぴったりだったのだ。

鈴木はシンプルだった。

シンプルだからこそ、村木に分かりにくかったのだと。事実、大人になったらシンプルであり続けるのはあり得ないのに、出会った当時の鈴木はシンプルな小児気質そのものであって、幼女の心の動きが手に取るように分かった。だから、幼女は絶対にオレを裏切らない。大人とは違う、と村木に断言出来た。幼女達がどのように考えてどう行動するのかが、己がするかのように見えたから何の衒いもなく幼女と遊べた。

だが、時代が変化して社会の激変があった。彼の［第三の目］の窓もこじ開けられ、よくよく見てみると、異質で近寄り難かった女性が違和感を覚えなくなり、幼女とも遊ばなくなって次第に大人の女性にも近付けるようになって、二十代の半ばには結婚、また大きな会社に入社まで果たしたのはそれだからではないのかと。

村木の考えがここに至って思い出したのが、鈴木から「女性とは何者か」と質問攻めにされた時期があったことだ。女性が次第に身近になれば、彼のことだ。遠い存在だったのが近くなれば女性とは何者かの疑問が湧く。科学的な対象になって探ろうとして、

「女は男と違う動物か。男とは精神的にも違うのか。」を帰省する度にしつっこく問うて来た。

何でそんなにしつっこく聞くのかと思ったが女性が違和感のないものへと変わったとすれば納得がいくもので、もっと言えば、それだけ彼の「第三の目」の社会への窓が少しずつ開いてきた証拠と言えたのだ。

## ギター取り付けマイクと神経症

やっと各社のマイクがそろったので、鈴木はマイクを調べ出した。すると、どのマイクも出来損ないばかりという予想もしない結果になった。

「なあんだ、この程度のマイクなら簡単に凌駕出来る」

高を括って、慢心が入り込んだ所に、落とし穴が口を開けて待っていた。

冷静に考えれば分かる。ギター音のみを拾う単純な取りつけマイクである。音を「忠実」に取りこもうと性能を高めれば、どの音も敏感になって、ギター音どころか指と弦とのこすれた音や、周囲の雑音まで「忠実」に拾ってしまう。

そこで、いやな音を拾わないように性能を落とせば、ボヤけた音になって「モノ」にならない。「あっち立てればこっちが立たず、こっち立てればあっちが立たず」の典型的なジレンマに陥り、他の楽器会社と同じジレンマにはまったのだ。出来損ないばかりしか出来なかったわけを思い知らされたが、鈴木は経験したことのない、異次元の壁に阻まれることになった。

たかが「取りつけマイク」である。単純なだけにやりようもない。どうやってもジレンマに陥るが、ギターをエレキに変えるマイクは肝であって、開発を要請されれば作るしかない。逃げ道がないだけにどの楽器会社の開発も困り果て、とりあえずギター音を適度に再現してお茶をにごした。完成品には程遠いものになったわけだった。

鈴木とて同じで、他の楽器会社が追い込まれたように、やってもやってもジレンマから抜け出せなく、立ち往生していると気力が薄れ、挑戦する気概が消えてふぬけのようになってしまった。これまでなら困難が立ちはだかっても、「よし、この壁をぶち破ってやる」と挑戦の気概が高まりこそすれ、やる気を無くすことはなかった。寝ないでもやっていた。だが今回は違う。

毎日毎日、考えに考えても同じ窮地にはまってしまい、開発の方向性さえ見つからなく手の打ちようがない。どんづまりの袋小路に入りこむという、壁にぶち当たって阻まれた。

今までなら壁にぶつかったとしても目標にブレは生じなかったのに、今回は目標が定まらない。鈴木は途方にくれ、開発がはかどらなくなると、湧き上がるエネルギーが消えた。気力が萎え、生きがいも消え、身体に変調を来し、だるくて動くのさえも面倒になった。会社に行っても机に向かってボォッと座っているだけになった。

異変に村木も気づいた。いつもの鈴木なら、会うと開発中の製品の革新的な点について、しゃべり出すと止まらない。大メーカーに試作品を送るような愚かな周りの人間を信用出来ないのと、特許の秘密もあって、気軽に人に話しかけられなかったからで、会うと堰を切ったように話がほとばしり出た。

なのに、寡黙の鈴木に戻った。

話しかければ答えるものの、ほとんどしゃべらない。

「どうした?」と尋ねても、

「何もしたくない。どうしてこうなるのかなあ」という。

「君が分裂しているからじゃないか？」

「どうして分裂なんかするよ。オレは変わってないよ」

「自己とは物（実体）のようでいて、違うのさ」

「エエッ、だって、オレの身体はオレでしかないよ」

「それはそうでも、自己とは以前言ったように、第三の目との対話から来る関係なんだ」

「関係って、何だよ」

「自己とは哲学者キルケゴールが言うように、自己が自己に関わる関係なのさ。つまり、自己と第三の目とが対話して関係が作られるが、その関係が自己なのさ」

「そんなあやふやなものが自己なのか」

「そうさ、だから、君のように関係が作れないと、自己として機能しなくなる」

「そうか。自己がしっかりしないから、会社でもボンヤリして身体がだるいのか。眠れない夜が続いているのも、それだからか」


そうした会話の後に、知り合いのクリニックへ連れて行った。

薬が処方されたが、飲めば治るがじきに元に戻る。一時的に治ってもすぐだるくなる。

どうやら薬の効きめではなく、信頼する医師から出された薬というプラセボ効果の効きめではないかと村木が疑い、医師と話し合ううちに、自律神経失調症の可能性が高いのではないかという結論になった。そして「シュルツの自律訓練法」に効果があるかもしれないと試みることになった。

それはドイツ人精神科医師シュルツが編み出した自己暗示法で、リラックスさせて自律神経の乱れの回復をはかるシンプルな心理療法である。横になってゆったり寝て、右腕に「重たい」と「暖かい」の自己暗示をする。次に左腕、右脚、左脚、身体全体にと順次、暗示を施す。これを何回か繰り返して、体が重くなってリラックスしたら、「心臓が静かに打つ」「呼吸が楽になる」「お腹が暖かい」「額が涼しい」などの自己暗示でゆったりした感じを深めるものだった。

生理学的に見れば、「重たい」の暗示が機能すれば身体から力が抜け、リラックスする。「暖かい」の暗示は血流を良くして新陳代謝を促す。

自己暗示は自律神経に働きかけ、乱れた自律神経の回復を手助けする。村木が鈴木の目の前でやって見せ、「試してみたら」と実践を促すと実行した。真剣に取り組んだので、少しの試行錯誤はあったものの上手く行くようになり、後は家で訓練させるようにした。

目標が出来てやろうと決意した鈴木である。開発している時のように集中力を高めて、くり返しくり返し練習をして短期間にものにしてしまい、だるさに襲われて失った気力を回復させた。それだけではない。いったん、何もかもが白紙に戻ったために「頭のキレ」が回復し、頭脳の初期化にも及んでとらわれていたジレンマの脱出に成功した。初心に返ったのである。

鈴木はエレキの核心である「高い音が主。高音が命」に着目し直す。要は全ての音の再現を求めずに、高音以外の音を無視するという、切り捨ての策に出た。キンキンの高い部分を上手く拾えればなんとかなると思った鈴木は「高音域を再現するマイク開発」へと方向を定めた。つまり、ポイントが高いコードにあるとわかった時点で、成功への道はひらけていた。

鈴木が試みたのはマイク膜の強い張りである。マイク膜の張りが強ければ揺れが少なく、高音を拾いやすい。拾った音が高音のみだと後の音は自然にカットされる。これには膜の張りの強さが必須になる。取りつけるビスを、数トンという物凄い圧力で締めつける逆転の発想でマイクを作り上げると、きれいな高音が再生された。

アンプもマイク性能にあったものを開発し直したが、方向が定まっていたから簡単に出来上がった。

他の楽器会社ではジレンマに陥って作れなかったマイクである。このマイクとアンプのユニークさが受け、売りに出すと爆発的に売れ、全国の楽器店からの注文が殺到し、会社の電話のヒューズが飛ぶ事態にまでなった。

## 先祖が見える

シュルツの自律訓練法をものにして、マイク開発にも成功した鈴木だが、「言葉の暗示なのに、なんでこんなにもすごい力があるのか」と「暗示力」が彼の心に引っかかった。暗示に関する本を片端から買って来ては読みこむと、催眠術について書かれている。

鈴木の興味は催眠術に向かい、いく種類もの催眠術の本を買って読んでは、やり方を口の中でくり返した。スッカリ覚えてしまってから、近くにいる家族や知り合いに催眠術をかけて回り、一ヶ月もしないうちにモノにしてしまった。いや、そこに留まらない。瞬間催眠までマスターした。

いくら練習したとはいえ、短期間での習得が可能であろうか。一般的には難しいだろう。しかも瞬間催眠術となれば熟練者しか出来ない。驚異というしかないが、鈴木はモノにした。

村木はこの成功の秘密は彼の小児気質に他ならないと思った。「第三の目」の窓を閉めて周囲に邪魔されなくする「視野を狭める技」が催眠術にはもってこいで、短期間に習得して熟練技に達したのは驚くことではなかった。

さらに、催眠術には「窓を狭める」のとは矛盾する「窓を開き、相手の心の動きを敏感に察知する能力」もあって、相手の心の動きを読む技も必要である。集中するには窓を閉め、催眠術をかける相手には窓を開けるということは相反するが、窓を開けるのは対象だけである。人づき合いが苦手な鈴木の資質と矛盾しないどころか、ふだんではつき合いがきらいで人見知りが強い分、相手をよく見て、どういう人なのかを見抜く力を充分に持っていた。

端的には面白おかしく話をして、人を取りこむのに長けているところがそれである。会社でも、開発する姿を見ない事務方には面白い人物と見られていたり、昔カメラ店で小物を失敬するのに、店員の心の動きを見るのが上手かったのも同じことだった。

ところが、鈴木が催眠術を自己のものにし、熟練技にまで達したことが奇妙な事件を招いた。いや、催眠術からとは思えない熟練域での異様な事件だった。

経緯はこうである。

ある時、知り合いが写真の複製を鈴木に頼んで来た。何気なしに一緒に見ていると、持って来た人の先祖の姿が写真の背後からボォッと浮かび上がった。

「この商人の姿、お前の先祖だよな」ととっさの鈴木の言葉に知り合いは顔色をなくし、「前かけの商人の姿、見たことがある」と声を震わせる。写真を一緒に見ていただけなのに、先祖の姿が見えた。不思議な感じにとらわれた鈴木は写真の複製を頼んで来た人に片端から試し出した。

完璧主義の鈴木である。

訪問者の精神を落ち着かせようと、自室のカーテンを遮蔽の強い厚手のものを二重に引いて真っ暗にした後、祭壇を真ん中にこしらえて二本のローソクに灯明を点してから、持ちこんだ写真を中央に置くという祭礼形式を整えた。すると、どんな人でも持ちこんだ人物写真から、先祖の姿が背後に浮かび上がった。

パーフェクトな結果を得ても、鈴木は冷静さを失わなかった。

「なんでこんなにも簡単に写真から先祖の姿が浮かび上がって、来た人と共に見えるのか。真実なのか」という疑念にとらわれた。「この世にいない者が現われるなんて、あり得るか」と疑っても、目の前で起きる。あり得ないと思おうとしても、来る人、来る人、先祖である百姓や刀を差した武士、商人の姿が見える。

「どういう現象であって、なんで起きるのか」

疑問が深まり、鈴木は老若男女を問わず、種々様々な人に試したが、たやすく先祖の姿が浮かび上がってくる。「何でだ」の疑念を抱きつつも、やればやるほど、分からなくなって鈴木は苦しみ出した。実験が三十人を越えても間違いなく起きる現象に苦悩が頂点に達し、助言要請が村木に来た。

「どうも腑に落ちない。君が実験台になってくれ」という。直感に過ぎないが、「覚醒催眠を無意識に使っているのでは」と疑いを持ち、村木が跳んで行くと部屋に通される。

厚手のカーテンが二重に引かれ、真っ暗な部屋に灯明の火が揺らめく祭壇前に、端然と鈴木が座り、緊張の厳粛さが支配するなか、村木が横に座り、持ってきた写真を祭壇の真ん中に置く。

「いいかい。写真をジッと見てくれないか。先祖の姿が浮かび上がるから」

口を開いて鈴木が精神統一にかかり、小さく、「エイッ」という裂帛の気合いを放った。その瞬間だ。ファッとした生暖かなモヤモヤが村木を襲う。「なんだ、こんなもの。わずらわしい」と、包み込もうとするモヤモヤ雲を拒絶すると、それはゆっくりと消えた。

「おい、なにも見えないぞ」と言うと、

「ちょっと待ってくれ。上手く精神統一が出来ない」と言い、

「エイッ」と再び、鋭い気合い。すると、さっきの生暖かなモヤモヤ雲が村木を急襲する。

「冗談じゃねえな」と拒否すると、再びそれは同じように消えた。

「なにも見えないぞ」

「駄目だ。君には上手く行かない。こんなのは初めてだ」と懊悩する鈴木に、

「いいかい。君はエイッと自己催眠をかけている」という村木に、

「やっぱりか。オレは単純な精神統一だと思っていたが、そうなのか」とうなだれた。

「いいかい、君がエイッと自己催眠に入ると同時に、生暖かなモヤモヤした『気』のような雲がこちらを襲う。拒否すると、逡巡しながら消えた。逡巡してたのは君だな。自己催眠に入ろうにも上手く行かなかったのは、それだからだ」

「それでウンウン苦しんでいたのか」

「君が自己催眠に入るんで、隣にいる人も巻きこまれる。巻きこむものがあのモヤモヤの『ファッ』だ」

「なあんだ、催眠が機能して、ラポール（通路）が出来たのか。だからその人が見ている先祖と思える姿が手に取るように分かったんだ。何だ、つまらない。せっかく、時空を超えて、あの世の領域に入りこめたと思ったのに、ぬか喜びだった」と鈴木は言い、興味を失った。

分からないうちはどうしてなのかと、鈴木は興味を持ち面白がったが、原因が分かってしまえ

ば興味を失った。それはそうにしても無意識にせよ、鈴木は自己催眠で側にいる人まで瞬間催眠を施せる、達人の域まで達していたのだ。

## 磁気マイク開発とうつ病

ギター取りつけマイクの開発の行きづまりで神経症に陥った鈴木だったが、催眠術を手に入れ、ひと時の余裕を楽しんだ。そして、ついに来るものが来た。新エレキシリーズの開発要請である。

当時の日本は発展途上から抜け出しつつあって、中小企業の会社間の生き残り競争が勃発し、勝ち抜かねば落ちこぼれ、油断すればあっという間に潰された。

事実、鈴木の会社も十数年後にちょっとしたミスから破産したが、当時は鈴木の優れたアンプ付きエレキセットや、ギターの取りつけマイクの売り上げも助けになってまあまあだった。そうは言っても、利益が大きく出るとまでは行かない。出来るなら利幅が大きくて数が出る製品を出したい。ところが、どの製品も「帯に短し、たすきに長し」で、決められないでいた。

どこから利益を出すのがいいのか。迷いの基は、製品は大量生産が望ましくても、オリジナルな開発でないと上手く行かない。それに「他社製品を凌駕する見通しがあって、利益も出す、もうけ頭に相応しいもの」という虫のいい話である。決まるわけがなかった。

前からエレキが候補であったものの、それに使う磁気マイクは他社からの購入品で高価だった。その上にパテント料の支払いもあり利幅が薄く、競争力はイマイチだった。といっても、他の楽器では手作りのものに近い。生産性はもっと低い上に利幅も少なくて数も出なかった。

こうなると独自のエレキ開発が出来れば何とかなりそうだが、そんな夢のようなエレキが出来るものなのか。検討に入ると、競争が激しいエレキである。突破口になり得るかどうか、リスクが大き過ぎて、ゴーサインを出せずにいた。しかし結局、他は見当たらない。やっと可能性が少しでもあるエレキシリーズ以外はない、との結論になった。決まれば喫緊の課題となり、社長から「早いとこ、磁気マイク開発をしてくれ」と急き立てられた。

元々、磁気マイクの基礎理論研究は鈴木には面白く、想像よりもずっと奥が深くてやりがいがあった。のめりこんで理解は深まり、頭の中では次々と色々なプランが生まれていた。とはいうものの、製品になると実験レベルとは違って売れなくてはならない。ところが、音を弦からいかにきれいに吸い上げるか、という基本的な箇所でも難題が横たわっていた。

磁気マイクは別名、ピックアップと言う。弦（鉄弦）の振動を磁気マイクで拾い、フレミングの左手の法則に従い、コイルで発電して電流に変えて音にする。弦の振動をいかに「拾える（ピックアップ）」かで、磁気マイクの性能が決まったからだ。

その性能にはマイクコイルの巻き数や線の太さや質、コイルの芯の材質が複雑に絡み合う。効率を上げるだけならきれいに線が巻かれ、巻き数が多ければ磁力は強くなって音は大きく出るが、音質はなおざりで無機質的で無味乾燥な音になる。これをなんとかしようといろいろに試みても、どこが絡み合っているのかの判別が難しく奥が深かった。

例えばボビンと呼ばれるコイルの芯がある。型によっては鉄と磁石に分かれたり、厚さや形状で電流の流れや強さが左右される。また巻く線にしても、巻き方や太さいかんで磁力の強さが変わり、電流の流れや強さに影響して音を変えた。

音のビジュアル化はオシログラフで積分面積のグラフになる。目に見えるのでいじって音質の微調整するが、磁気マイクの巻き数や芯の太さに関わると、音そのものを大きく変質させて、せっかく作った音を振り出しに戻した。

鈴木のやり方の特徴は音質の微調整にあった。電子オルガン作成時での経験から、付属的な部品がビジュアル化した積分曲線の微分係数に当たり、音の積分面積を少しずつ変えられるのを知っていた。つまり、線の太さや質といった付属的なものが、音質の微調整に関与するものだと見抜いていたのだ。

微積理論からすれば、付属的なものが音の積分曲線の微分点に当たって、接線の勾配を表すので、傾きが変われば面積も少しずつ変わって微妙な音質の調整が出来たが、一般的には音質の微調整でも、マイクの線の巻き数や芯が関わった。そうすると、音の積分面積を大きく変えてしまい、作った音が振り出しに戻ったが、鈴木は違った。

最初にオシログラフ上で機械的にきれいな音を作ると、線の太さや質を替えては面積を微妙に調整したのだ。微積は教えられてもいないのに、独学で微積の本質を理解していた。

ただここまで分かっても、音をどのくらいきれいにするかの難問はいくらでもあった。完璧を目指す鈴木なので限りがない。完成までは簡単に行かなくて、時間がドンドン過ぎ、焦りが出ていた。

例えば磁気マイクから出る側波帯のノイズの抑え方でも苦労したが、きれいに音を調えるのはもっと至難の技だった。偶数次の倍音を高めていけば音はきれいになっても、線が細い。一坪の敷地に五階建てビルを建てたみたいにヒョロッと細く、風が吹けば倒れそうに脆弱にしかならない。といって音を強くしようと奇数次の倍音に変えると、音は太くなっても不協和音が出てにごる。細い建物が野太い建物に替わってもいびつでボコボコになる。また偶数次の倍音に戻ってレスポール型エレキにしてみてやっても、音はきれいになるが脆弱過ぎて、偶数次の倍音をどのくらいにすればいいのか、鈴木は迷っていた。

レスポールエレキと言ったが、エレキは形状によって五つに分類される。といっても大きくは二つで、一つはレスポールという人が開発した型でスケールは短く、ツインの磁気マイクの太く甘い音を出す形。もう一つはストラドキャスターと呼ぶエレキで、シングルコイルピックアップが主流の高音域がよく出るキンキンのエレキ。この二つの形に分かれた。他の形があると言っても、この二つから派生したものだった。

ボディにつく磁気マイクの数になると、普通は一つか二つなのに、三カ所に取り付けられたりもして、場所とマイクの数の違いで弦と本体との減衰状態の関係も変わり、音質にも影響した。

ボディもおろそかに出来ないものの、形状や材質によって弦の振動の減衰状態も左右され、大体はハカランダやカエデの木だったが、高級なものでは銘木が使われた。ボディから伸びる、演奏時に指を当てるネックには銘木のカリン等が用いられ、ネックの指盤には高価な黒檀や紫檀の銘木が張り付けられて、少なくてもローズぐらいは奢られた。そこにつくフレッドという音階を出すギザギザは金属、といった形がエレキの姿であった。

今回は大がかりなエレキ開発である。社長直属で部長待遇の鈴木をチームのチーフにして、設計者、図面を引く者、元上司までチームの一員になった。本来なら元上司がチーフなのに、エレキの磁気マイクの独自開発は鈴木にしか出来ない。部長待遇なのもあって、「中心人物になれ」との社長命令が下り、しぶしぶ受け入れたら、多くの人達が区切り部屋に侵入して、ドタバタに巻きこまれる。致し方ないものの、場面のわきまえもなくズカズカ来て、鈴木の心の中に土足で入って来るようなものなので、「アポイントを取ってから来てくれ」と、頼んだが、行きづまるとすぐに頼って来る。

ただ、元上司との関係は楽になった。なにも仕事をつけないようにしたら、喜んでブラブラしているが、暇な人間はろくなことを考えない。

グループをそそのかし、冗談を装って、チクチクと皮肉攻撃をさせるが、うるさくしなければ実害はない。無視出来たものの、チーフは鈴木なので周りを見ようと、「第三の目」の窓を開けざるを得ない。粗暴な彼等の言葉や振る舞いが否応なく耳目に入ってとまどう鈴木を元上司は面白がった。神経をさかなでされて鈴木が苛立ち、つい、大声で、「うるさい」と怒鳴りつけると、「魔法使いが怒った」と面白がり、悪ふざけを加速させた。

## 勤務中の釣りと思いがけない発想

周りからのドタバタに巻きこまれ、イライラが募って怒りを爆発させ、周りに当たり散らしつつも、鈴木はなんとか毎日をしのいでいた。が、突如、小さな音なのに大きく響く、時とすると耳元で大きく叫ばれたみたいに、彼の耳をつんざくようになった。

クリニックに駆け込むと、神経過敏症だと言う。薬を飲むものの、はかばかしくは治らない。会社にいると諍いばかり起こしてイライラする。何か気分転換はないかと思い巡らすと、「釣り」に思いついた。「これだ」と鈴木は釣りへ出かけることにした。

「勤務中の釣り」である。異様な行動であるのに、会社も周りも何も言わない。無気味な静けさを保ち、批判の気配さえない。

皆はイライラした鈴木がいない方が気楽だったので、釣りに消えようがどこに行こうが無関心だった。日がな一日、近くの海浜公園に行って魚と戯れようが、「魔法使いの釣りシーズンの到来だな」で済まされた。

なんといっても社長直属の鈴木である。部下の同僚が文句を言えるわけがないにしても、あまりになにも言われないのも気持ちが悪い。

「魚が寄こすちょっとしたシグナルをつかもうと別の神経を使うが、そうすると酷使した神経が休められてスッキリする」という弁解をそれとなく口にしたものの、そんなことを言おうが言わまいが、釣りに行こうが行くまいが、イライラがなければ周りは良かったのだ。

鈴木にしたら周りの会話や振る舞いが目につき、耳に入って開発の気力が削がれる。やむを得ず釣りに行ったのに、調子は悪くなる一方だった。三時の帰社だと働いている同僚達の言動や色々な音が神経にさわる。仕方なく皆が退社する時間を見計らっての帰社になった。

人がいなくなって何の物音もしない深夜がベストになり、これが「最高の空間、最高の時間」になったが、こんなことをしていていいのかという苦しみもあった。


この状況を救ったのは、釣りでの出来事だった。

いつものように鈴木が浜名湖の埠頭に行き、小型椅子に座りこんで釣りをしていると、さざ波立つ水面が日に照らされてキラキラ反射して眩しい。どこに「浮き」があるのかと探すと、「浮き」の横縞模様がチラッと見えた。横縞並びに規則正しく、エレキの弦みたいで、「こいつだよ。問題はこいつだ。きれいな音を出そうとすると細って脆弱になり、力強く野太い音にしようとすればにごる」つぶやきは湖面の虚空へ消えて行った。

堂々巡りのジレンマに入り込んで打開策が見付からなく、空しく日々が過ぎて行き、心の奥がジリジリと焦げるように熱かった。

日が傾いて日差しが斜めになった。反射のキラキラが弱まり、クッキリした浮きの横縞模様を横目にして、鈴木は立ち上がって大きく伸びをした。ソロソロ釣りの止め時かとチラッと心に浮かぶものの、会社に戻ればうるさい。仕方なく見るともなしに「浮き」の等間隔の縞模様に目が行くと、ボンヤリした想念が浮かび上がった。

「何だ、こいつは」と心の中で叫ぶが、次第にクッキリしてきた。これまでのとは違うイメージの上にあまりに異質なので、「何だ、この形は」ととまどったものの、「ここが問題の本質だ」との直感がひらめき、「これだ」と鈴木は叫び声を上げた。

これまでは側帯波のノイズを少なくしながら、マイク効率を落とさず音を良くしようと偶数の倍音を上げれば上げるほど、音はきれいになってもやせこけた。奇数倍数次に戻せばいびつになって行きづまった。なのに、今回は発想が違う。

王道のやり方とは異質で、効率を上げようとはせず、「浮き」の等間隔の縞模様のように、平均化して効率を落としてやれば大事には至らない。またたとえ効率を落として弱くなったとしても、三つのマイクを使って補い合い、場所も微妙に変えれば何とか音は大きくなりそうなのだ。

「本当か」とつぶやきつつも、生まれたばかりのイメージはドンドンとふくらんで行き、本物の生き物のように育って巨大化し、鈴木の頭の中を占領してしまった。

「これだ、これだぞ」

鈴木はもう一度、腹の底から大声をほとばしり出させると、釣り道具を畳んで車のトランクに放り込み、暴走運転のようなものすごい速さで会社に戻って開発現場に躍りこんだ。

あまりの勢いと鬼気迫る鈴木の形相を見た周りは顔を見合わせ、

「奇人がもっと奇人になって、ついに狂ったか」と囁き合ったが、それどころではなかった。

鈴木は浮かんだ発想のマイクを急いで作って、エレキ本体の三カ所に取りつけて聞き耳を立てた。すると磁気マイクの性質に上手く合っているではないか。音がやせて困っていたのに、きれいで豊かな音をあふれるように奏で出す。まさに逆転の発想というのであろう。

このマイク理論から導き出されて作ったのが、ストラトキャスター型のSTシリーズのエレキである。いろいろと試行錯誤の末、苦しみながら産み出した成果であった。

なにせ、釣りの最中の「浮きの縞模様」から突如、浮上した平均化理論である。こんな形でたどり着けるとは思ってもみなく、こみ上げる嬉しさをエネルギーに、マイクに合うアンプ作りにも力を注ぐと、彼一流の省エネの三十五ワットなのについに百ワットまがいの大出力の大きな音量と電気的なキンキン音を出すのにも成功した。

発売したところ、きれいな音と豊かな大音量が少ない出力で出るSTシリーズは、世の中から喝采を浴びて評判を呼び、ロングセラー製品になった。

このSTシリーズの評判は良かったが、これに飽き足らない顧客からSTシリーズとは音質が違う、柔らかな音のエレキが出来ないかという要望が寄せられた。

エレキはキンキンした音が主流である。なのに、逆の指向のエレキを作れという。困惑したものの、寄せられる多くの声が刺激になって鈴木の興奮を呼び、エネルギーが心底から満ちあふれるのを覚えて開発促進に拍車がかかった。

顧客との繋がりを肌で感じるのが鈴木のエネルギー源になっていたのだ。そこで常客から貰った要望をエネルギーにして、優れた彼の能力も加わって、ハムバッキングという形式のものを作った。

コイルを二つ並べたレスポール型の位相を打ち消し合うマイクを利用したもので、これにも効率を平均化して落としてやるという独自な路線を施して、「柔らかな音を出すエレキ」という難題を突破した。

この落ち着いた柔らかな音を出すＬＳシリーズのエレキは、ハワイアンウクレレのように艶やかなのに豊かな音量にあふれていると言われ、東京の大手の楽器店に送ると出来の良さにびっくりされた。

「レスポールエレキの本家のフェンダー社製をしのぐエレキではないか」と言われて評判を呼び、全国の楽器店に情報を流した。

そして注文の電話が殺到した。いっぺんに多くの楽器店からの注文電話がきて、ギター取りつけマイクの時と同じように、ＳＴ、ＬＳの二度とも会社の電話ヒューズが飛ぶ事態になった。それほど世の中の脚光を浴びたのである。

## 三　異端のエレキの誕生

### サンヨーからの引き抜き

鈴木の調子が悪い。村木は言う。「いつもと違い、ボンヤリしている。うつなのか、別の病なのか分からないが、かなり重い」と。鈴木に聞いてみると、直接ではないにせよ、うつを発症させる妙な事件が二つも起きていた。

一つはエレキ訴訟である。

ＳＴ、ＬＳの二つのエレキシリーズの成功は予想を遥かに超える利益を稼ぎ出し、会社の核となる商品になった。これこそが欲しかったものであったが、そこに留まらない。「エレキなら東海楽器」と好評され、鈴木にもけた外れの評価をもたらす望外の展開になった。

「そこまで言われるものなのか」ととまどった鈴木であったが会社も同じで、いつもなら新製品を売り出すと目新しさから売れても、しばらくすると売れなくなる。なのに、ずっと売れ続け、ロングセラーの盤石な製品になった。

名実ともに会社の屋台骨を建てることが出来、意を強くした会社は、八〇年代に入るとどこの楽器会社も手を出さなかった「アルミ合金製のエレキ「Talbo」の開発計画を正式に企画に載せるという勢いだった。会社が順風満帆に発展し、将来が明るく微笑みかけてくるという、絵に描いたような成功の道を進むかに見えた。

なのに、そこへ、ＬＳエレキの訴訟が突然、起こされた。鈴レスポールエレキ本家のフェンダー社から賠償が請求されて、会社がざわつき出したのだ。鈴木の開発したエレキである。とまどいつつも、気になって、部長に尋ねても、口をにごされてしまう。

「まさか、開発した磁気マイクなんてことはないよな。それならオレに言ってくるはず」鈴木はかんぐってみたものの、マネなんてあるわけない。それどころか本家をしのぐエレキと言われたものだ。特許問題なんて全く心当たりがなかった。

元相棒が得てきた噂からするとこうなる。

営業にすればＬＳシリーズがいくら優れたエレキであっても、ブランドの確立には時間がかかる。早く多く売ろうと焦っていたところ、以前、レスポール社エレキのライン生産請け負いをしていた関係で、会社内にレスポール社のロゴが残っていた。これを見てピンと来た営業の連中が、仕掛けたことがまずかった。

皆に知れ渡り名が通っているロゴである。「これを利用したらいい」と考えたものの、同じものではだめだ。でも、似せたロゴならすぐれたエレキのイメージを連想をさせ、売れるのではないか。それで似せたロゴを作り、エレキに貼って販売したところ、偽造だと訴えられたのだ。

てっとり早く販売増を手にいれようと、レスポール社のブランドにあやかったロゴの模倣が、仇になったらしい。

レスポール社にすれば、自社製品よりも優れたエレキを売り出されては、競争が激しい業界である、死活問題に関わる。それでロゴ問題をテコに、ライバル会社を潰してしまえと意図したとも考えられる。法整備等、まだ未熟な日本である。ロゴに近いものを作ったらどう反応するかを、レスポール社に確かめれば良かったものを、甘く考えて、そこまではしやしないだろうと、後手に回ったのだろう。

もう一つが鈴木の引き抜きである。

訴訟問題で会社内がゴタゴタしてる最中に、大手家電メーカーのサンヨーが鈴木を引き抜きに現れた。上の連中が騒動で何も気づかない時に、会社内の混乱につけこんだともとれるが、鈴木にすれば次のエレキTalboの立ち上げ計画が組上に載せられ、忙しい毎日が始まろうとしていた。

経緯はこうなる。

ある日、なんの前ぶれもなく、部長がサンヨーの営業部長を連れて来た。訴訟問題に首を突っ込まざるを得ない役員の部長は対応に忙殺されていて、いくら取引があるサンヨーの営業部長が来たとはいえ、相手をしている暇がなくて困った。

営業部長は、回路の配線について教えをこいたいという。これは好都合で渡りに船だと、鈴木の部屋に彼を連れた部長が姿を見せた。

「サンヨーの営業部長さんだ。アンプの回路について聞きたいという。説明してやってくれないか」と、ギョロ目を緊張気味に瞬かせてから、「用事があるから私は失礼する」と、そそくさと踵を返して姿を消した。

椅子に座って向かい合ったその人の座高は見上げるように高く、「大きいな。なにを知りたいのか」と鈴木が耳を傾けると、アンプの出力回路についてだという。

電気を溜めるコンデンサーの種類や容量が変わることで、どのように音質や出力が変わるのかとか、普通なら知り得ない回路の専門部分に突っこんで来る。鈴木の持つ独自の回路を理解して、鋭く追求する微妙な質問が口をつき、「ここまで分かっているのか」とあっけにとられ、面と向かい合う真剣な顔をマジマジと見ていた。

営業畑の人間である。なのに、開発の専門家に匹敵する、いや、それを凌駕する知識の持ち主であって、サンヨーともなると営業畑でもここまで知っているのか。鈴木が感心しきりでいると、「アンプの組み立て工場を見に行きたい」と言い出す。

希望にそっていっしょに外に出ると、鈴木をふりむいてニコッと微笑み、「口が渇いたからコーヒーが飲みたい」と言う。

営業部長の車に乗って会社を出たものの、なんでそんなことを言い出したのかが鈴木には分からない。首をひねっている間もなく、近くの喫茶店に入った。

営業部長には言い出せずにいたが、母親の激しい叱責や人見知りが強いのもあって、鈴木は人前での飲み食いが出来なかった。苦手なことにとまどっていたのに、なにも知らない営業部長はコーヒーを前に、

「実は、あなたを引き抜きに来た」と鈴木の目を直視して、ズバリと言った。

「何だ、それかあ」と思った鈴木に、

「給料はいくらなのか」と単刀直入に聞いてくる。どこまで言ったらいいのか分からなく、曖昧にしていると、

「あなたを高く評価したい。もっと良い給料を出したい」と畳みかけ、会社での現状を聞きたがる。

黙ったままの鈴木に、サンヨーでの仕事の条件や、開発での環境の話を切り出され、困ってしまった。彼にすればコーヒーに口もつけられないし、早く終わってくれと願っていたのに、それを知らない営業部長は緊張のあまり口をつけないと勘違い。如才なく話題を変えては開発での面白い話を披露する。それはじきにサンヨーでの仕事の中味の話に戻って、現状をあれこれとしゃべってくる。

一時間以上も黙って聞く鈴木だったが、なんせ急なことである。答えようにも答えられない。何も答えずにいると、営業部長はこれ以上留まらせてはまずいと判断したのか、明日も会いに来ると言い残し、鈴木を会社まで送り届けて別れた。

次の日からは、営業部長が会社の開発部屋に来ての話し合いもあったが、ほとんどは夕方の喫茶店での話し合いだった。鈴木は黙って話を聞くものの、話の内容は日によって多少の違いがあっても同じようなものだった。一週間も続くと困って、村木に相談へ行ったが解決するわけもなかった。

サンヨーが営業部長までよこして鈴木を引き抜きにかかり、一週間も説得に費やしたのは唐突に見えよう。だが、そうではなかった。

鈴木の会社とサンヨーとは長年の取引関係にあった。電子楽器に取りつけるエレキやアンプ類の基盤回路の生産依頼（ＯＥＭ）をサンヨーに頼んでいたからで、何年にも渡る取引での蓄積があった。そしてその回路図の全てを鈴木が描いていることを、サンヨー側は知っていたのだ。

鈴木の回路図の特徴はシンプルさにあった。

「シンプルなのにすごい性能を持つ」回路であるが、それには普通、大きな難点があった。というのは、もし回路がシンプルなら、部品が少なくて安価な上に短期間の製造が可能になる。誰もがそうしたいのは山々だったが、大事なところを省いたら、性能を悪くして元も子もなくなってしまう。二律背反をうちに秘める難しいものなのに、鈴木の独自の回路は難なく突破していた。誰にも真似しようにも出来ない恐るべき代物であることを、サンヨーは見抜き、鈴木の作成した回路図の優秀さを評価し得たのだ。

シンプルにしてキレ味鋭く、驚くようなパワーを発揮した代表作が、ＳＴシリーズのアンプである。三十五ワットの出力なのに百ワットまがいの大音量を出せる、すごみを持つものだった。

サンヨーも初めは鈴木の回路のすごさに気づいてなかった。ところが、ある時、限られた少数の開発者が「シンプル回路なのにすごい」彼の回路図に目を奪われた。ここまで優秀な回路がどうやって出来たのか、偶然なのか、本物なのかと疑いつつ調べ出す。その疑いの原因は、鈴木の会社が田舎の楽器会社だからだ。電気専門の会社ではないのに、こんなに優れたものが出来るとはとても考えられない。慎重にチェックを重ねたものの、チェックをすればするほど、秀逸さが際立ち、キレのある回路の出来栄えに彼等は唸った。

「凄いな。楽器会社なのにここまでの回路図を描けるなんて、よほど、出来の良いチームスタッフがそろっている」と舌を巻いた。

もっと驚かされたのはグループだと思っていたのに、突きとめてみるとたった一人の作成であったことで、とても一人の人物が出来るような仕事ではなかった。それからというもの、サンヨーは生産依頼のたびに鈴木の回路図を皆で綿密にチェックした。そのたびに、相変わらずの出来栄えに感嘆させられた。

特にST、LSエレキシリーズでの大量発注にここまで売れるものを作ることが出来たのかとサンヨー側は驚いた。事実、安価なのに大パワーが出て音も良く、素直に「凄い」と認めざるを得なくなった。

これまでもサンヨー社内では、ジワジワと鈴木の回路図の評価は上がっていた。そこへ大量発注の件で一気に火が点き、社内で鈴木の名が広まった。

こうして噂になった鈴木の業績評価を上層部が聞きつけて、大手メーカーでも欲しい人物となり、どうしても取りたいと、サンヨーの常務取締役でもある営業部長が引き抜きに派遣されたのである。

現在は破産して一部はパナソニックに、他は中国の企業に買収されたものの、当時のサンヨーは大手家電メーカーの一角を成す大企業であった。それなのに、「どうやっても鈴木を引き抜いて来い」との厳命から常務取締役が出向き、引き抜きのための好待遇の条件を出し、「何とか我が社の開発に来てくれないか」というのだった。もちろん、表向きはアンプ回路の問題にしてあり、一週間もの長きにわたって説得にかかった。

迷った鈴木は村木の所に何回も足を運び、相談に来た。何しろ、当時では指折りの家電メーカーの大企業である。

「学歴のないオレでは大企業の高学歴の人達の間に入ったら、とても勤まらないのではないか」と鈴木はいつもの危惧を口にした。

「そんなことはない。君はすごい。自分をあまりにも低く評価し過ぎる。誘いに乗った方がいい」という村木の勧める理由は簡単だった。

もしも危惧するように鈴木の評価が低いのなら、わざわざ常務取締役をよこすわけがない。また待遇が異例に厚遇で、「給料は今の二倍、開発でも二年に一つ開発してくれれば良い」との好条件だった。
「もし能力を認めていないのなら、そこまでの厚遇を出すわけがない。行った方がいい」と勧めたものの、村木にもとまどいはあった。鈴木の例の「小児気質」から来る同僚達との軋轢勃発の可能性だった。

典型的な「小児気質」の人物なら「頑固な職人」だけなので分かりやすい。だが鈴木は、店をやっていた経験から、みかけは愛想よく出来る。なのに、開発になると「小児気質」に戻って無愛想そのものに変わってしまう。平時と開発時とのギャップが大きくて、とても同一人物とは思えない。

頭の良い上司でさえも目の前で起きたなら納得出来なかった。鈴木を理解するのは難しい。そんなことが出来る上司や仲間が、果たしてサンヨーにいるかどうかであって、鈴木が受け入れられるには難しい点があると村木も思った。

この楽器会社では、たまたま坊さんである技術部長の懐が深く、鈴木をよく理解して能力を引き出してくれたから居場所があった。いくら大手の家電会社とは言え、そういう人物に恵まれるとは限らない。

もしも鈴木のかたわらに良き理解者がいないとなると、能力の発揮どころではなくなる。周りとの軋轢から、うつになったのもそれが原因で、良き理解者がいるかどうかで、良くも悪くもなるのが鈴木だった。

大会社になるほど保守的で官僚的になりやすい。新しいことに挑むのを躊躇して安全を選びがちになる。一九八〇年代に『ジャパン　アズ　ナンバーワン』というベストセラーでもてはやされたように、日本も戦後復興に成功して、戦前と同じように先進国の仲間入りを果たしたと有頂天になっていた。挑戦する気概を失い、鈴木のような異端な人間を排除する雰囲気が復活しつつあった。

当時、とびぬけた技能や頭脳を持っていると、中学生でもいじめに会うような事件が多発した。それは多分、「豊かになったから改革は要らない」という空気が日本中に蔓延したからであろう。

サンヨーを含め、あれだけ世界に覇を唱えていた大手家電の大半が、今は惨憺たる状況にある。平等を旨とし、横並びでない異端な人物を排除する悪弊が復活しかけた結果なのであろう。この頃から鈴木はいやというほど、ひどい目にあった。

己の性格を知りぬく鈴木である。迷いが深く、村木がいくら勧めても、他社に行っても上手く行かないという予感を抱いた。躊躇する原因は開発能力のことではなかった。鈴木の言い訳が開発の問題ではなかったからだ。まず言ったのは、年老いた両親を放って置くわけにはいかないということ。彼の兄弟が近くに住んでいてなんとでもなると勧めると、次に新幹線を挙げた。サンヨーに行くには新幹線に乗らないといけないが、それが怖いと言い出す。開発能力とは無関係の言訳で、恐れていたのは大勢の仲間と一緒に仕事をすることだった。

それが心に引っかかり、今の会社でもその怖さが身に染みていた鈴木は、結局その話を断った。

## うつ再発症

多分、勘のいい部長は、サンヨーが引き抜きに来たのも、鈴木が行かないのも、全部読み切っていただろう。一つには鈴木は大勢のところでの開発には向かないということと、次のエレキTalboの開発のことである。これが決まっていて、鈴木の心はこの面白い開発の方に向いていたし、再びチーフに任命されていたからだ。

確かに当時、フェンダー社からの訴訟騒ぎで会社内はゴタゴタしていたが、裁判である。決着には何年もかかるので、次の屋台骨を作って少しでも会社を良くしようとの決断が成され、新素材のアルミ合金ボディのエレキTalboの開発命令が鈴木に下りて、やる気満々であったのだ。

奇をてらったアルミ合金ボディのエレキである。木製とは違い特殊なので、他の会社も試験的にやってはみたが、振動の減衰が違って異質な共振を生じる。それを打ち消そうにも、にっちもさっちも行かない難物だった。これまで作られたことがなく、どこの楽器会社も手を出さずにいた。

ST、LSシリーズ成功の余勢を駆った会社は、ニッチの領域だけに独自の製品を出せると踏んでやり出しはしたものの、難物は難物である。いくら独特の才能を持つ鈴木でも、磁気マイク作りのように今までの経験が役立たない。開発を始めてすぐデッドロックに乗り上げると、再び鈴木にうつが訪れた。

鈴木にしたら、ＳＴ、ＬＳシリーズでの大きな成功で、会社内の地位が確立され、ホッと安堵の胸をなで下ろしたばかりだった。開発にエネルギーを注いだ疲れも残っていて、ちょっとした休憩をしたいと思っていた。そこへ、「アルミ合金の新しいエレキの開発をせよ」との指令なのだ。

やる気はあった。開発するのは楽しいし、面白い。いやでないどころか、開発してなければ精神が不安定になる。それはそうであっても、今回は今までと異なる難物だった。

前シリーズの開発にエネルギーを注ぎ、トコトン使い果たした鈴木は、身体のふしぶしに痛みが生じ、頭もおいそれとは働かなかった。自分ではエンジンをかけようとやっているつもりなのに、上手いことかからない。ボヤッとした動きをする鈴木を見た周りは、この時を逃すまいと池に落ちた犬を叩くかのように、「魔法使いのくせに、まだ出来ないのか」というような、チクチクした皮肉の矢を矢継ぎ早に飛ばしてくる。大きな成功に妬みを持つ連中である。軽い皮肉とはいえ、しつっこい。

さらに悪いことは重なる。認められてホッとした鈴木の「第三の目」が不用意に開いていたのか、軽い揶揄でも強く彼の中に入って来た。「うるさいな」と悩んでいる鈴木から気力が少しずつ失せ、開発への気概が泡のように消えていき、アッという間にうつ状態へと転げ落ちた。

暗い顔した鈴木が村木のところにやって来た。ＳＴ、ＬＳシリーズの開発に忙しかった鈴木とは、しばらく会ってなかった村木だが、このシリーズの成功は聞いていた。

「どうしてこうもうつになるのかなあ」と鈴木は顔を曇らせる。

「人だからうつになるのよ。人間の証拠だ」

「からかうな。今、マジで辛い」と真剣に怒る。

「分かった。怒るな。いいかい、事実として、人間以外の動物は自律神経失調からのボンヤリはあってもうつにはならない」

「どうしてだ。君の言う『第三の目』が人にあるから、本能だけの動物とは違うのか」

「その通り。『第三の目』があるから過去を見つめて反省が出来て、これからどうしようという将来プランを作れる。『第三の目』と対話をして、己の過去の反省をするのは己の過去軸を作ることでもある。それだけではない。プランを作成して己の将来軸も作る。このことから選択肢を多く持てるので、人の現在には膨らみがあるのだ。このように自ら選んで将来に向かって生きるのが人であって、君が開発する時でも、『第三の目』と対話しながら、多くの選択肢を作るだろう」

「そうかなあ、そんなに上手く行く場合だけではないがな」

「でも、そこに止まってはいないだろう」

「そりゃあ、計画の命令があるから、やらざるを得ないな」

「とすると、考えているものを対象化して客観的にいろいろと考えて、ああでもない、こうでもないとやっているうちに、いい案に結びつくんだ。哲学者ヘーゲルは、そうした今ある計画を一旦は否定して違う計画を作る。そうやっていろいろと比較しながらまとめ上げる思考過程を、止揚（aufheben）と言ったんだ。だから、現在だけの動物とはわけが違う。本能に従って動く動物は刺激と反応が主の薄っぺらな現在を持つだけである。多くの選択肢から止揚した将来への見通しなんて持てない。食糧難に備える知恵もなく、目の前にご馳走があれば食べてしまうが、人は状況を知れば腹が減っても計画して、まさかの時のために取って置く」

「動物こそ、本能的な食いだめや備えが出来るのでは」

「それは本能の範囲で、長期的な独自の視野とか様々な計画を作ることではない。腹が減れば我慢出来なくて食べてしまう」

「フーン、将来の危機への情報を人は持ち、企画を作れるので、動物とは格段の違いが出来るのか。それはいいとしても、情報があり過ぎて選択肢が多くなると錯綜してしまい、これをやったらいいとか、あれをやったらいいとか、『第三の目』と対話しても迷って決められない。君のいう止揚が出来ないから人はうつになるのかな」

「その通り。『第三の目』との対話でも、情報があり過ぎると整理しきれなくて紛糾し、迷いが出る」

「でも、皆が皆、うつにはならないな。開発にも能天気な奴がウヨウヨいるぜ」

「新しいことをあまり考えずに挑戦もしないで、決まりきったことをするのなら迷いもなく、うつにもならない。独自に考えずに言われたことをしていれば、君だって治る」

「よせよ。それは開発じゃあない」

「開発者特有の業では治しようがないな。だが、何も考えない連中でも、会社のスケジュール表が埋まらないと不安になるぞ」

「そうかなあ。なにも仕事がなければ連中はノウハウとしている」

「しばらくはそうだろう。けど、会社から長期にわたって仕事をなにも言われず、手帳からスケジュールが消えれば不安で一杯になる。いい例が窓際族だ。なにも仕事を与えないので次の行動が決まらないでいると、なんでもいいから仕事が欲しいとジタバタする。それでも仕事が与えられないと、いやになって辞めていく。リストラをやりやすくする手段だな」

「じゃあ、逆に決まった行動計画さえあればなにも考えずにいられるのか。なんでもいいから行動をしていれば、なんとかなるのか」

「そうよ。作業療法がそれに近いな」

「それならどこでもいいから、どこかに出かけようや」

という鈴木の提案から、毎日曜日の村木宅への訪問が始まった。

それはそれで致し方ないものの、「小児気質」の彼である。特有の几帳面さから毎日曜日の朝八時きっかりに、村木に電話が入る。

「出かけて行っていいかなあ。良ければ今から行くよ」という決まり文句から日曜日の一日が始まって、それはゆうに一年は続いたのだ。

せっかくの日曜日である。村木とてゆっくりしたい時があった。しかし、生きることそのものにかかっている鈴木からのお誘いは、真剣で容赦なかった。しかも彼の性格上、いくらどうでもいいと言いながらも、未知なものへの挑戦をしたがって、行ったことのない場所へと車を走らせたがる。

海沿いの道では平凡過ぎて退屈になり、山へと向かう。林道に行けば網の目のように複雑な道なので、車がいる場所が分からなくなり、どう行こうかと未知なことに挑めるからなのだろう。

カーナビなどない時代である。夜になるとどこをさまよっているのか見当もつかなくなり、山奥の林道で迷った。走っても走っても広い道に出られない。ヘッドライトに反射する野ウサギの青い目にはいくども出会うものの、林道を走り回るうちに白々と夜が明けることもあった。

この日曜訪問が一年ぐらい続くと、突然、鈴木が元に戻った。どうしてなのか、村木には分からない。でも、本物のエネルギーが戻り「第三の目」も覚醒して、村木へ「悪かった、随分と迷惑をかけてしまって。また君には助けられた」と、感謝の言葉をこれでもかこれでもかと言いまくる。「一生、君には頭が上がらない。一生、恩に着る」と。

「第三の目」が活性化して、客観的に自分を見直すことが出来た証拠と言いたいところだが、開発へと向かうと鈴木は再び「第三の目」の窓を狭めて利己的になり、言いたいこと、やりたいことをしだす。

あのしおらしかった態度はいったい、どこに消えたのかと村木はよく言ったが、これこそが元の鈴木に戻った証しであって、「小児気質」そのものの彼に立ち返ったことで、異端のエレキの開発がもたらされたのだ。

## 開発は「事件」から始まった

開発は「事件」から始まった。

村木と一緒にドライブに行くようになって一年近くが過ぎ、うつが治りかけていた時である。鈴木が名の知られたミュージシャン（名前は忘れたらしい）の壊れた古いエレキを直すという「事件」が起きた。

たかがエレキを直したぐらいで「事件」だなんて、大袈裟なと思われよう。だが、ミュージシャンのエレキは五十年代のアメリカ製の逸品であって、経年劣化と苛酷な使用に耐えきれず壊れた。それを直すべく駆けずり回ったが、どこの楽器会社でも直せなかった。そのエレキを鈴木が直したことと、それをヒントに異端のエレキ Talbo が誕生したからこそ、これは「事件」と言えるのである。

仔細はこうなる。

ミュージシャンは壊れたエレキを製造元で直してもらおうとアメリカに渡って修理を依頼し

た。ところが、既に製造してから三十年以上も経ったエレキである。図面さえ残っていない。誰も分からないから直せないと突き返された。

帰国して大手のヤマハ、カワイを始め、いくつかの楽器会社を訪問して修理を頼み、何人かが試みるものの、故障箇所さえ分からなかった。

なぜ直らなかったのだろうか。故障が見つけにくかったのもあったが、ヴィンテージものというハンディが重なった。一つ一つビスを外して分解して行く修理過程で、ちょっとした傷がついても、「ヴィンテージものを傷つけた」と文句をつけられ、途方もない弁償費用が請求されることになる。もし壊しでもしたら大事になる。よほど、直せる自信がないと安易に踏み出せず、ことごとく断られることになった。

技術者達にしたら、分解すれば故障箇所を見つけられる可能性が高いものの、下手に手出しして傷つけ、損害賠償を請求されてはかなわない。皆恐れて尻込みした。どこの楽器会社でも拒否され、ミュージシャンが途方に暮れていると、最後の楽器会社から、「東海楽器に妙な男がいるとの噂がある。訪ねてみたらどうか」とのアドバイスをもらい、鈴木のところに来たのだった。

「どこに行っても直らなかった」というミュージシャンの言葉に、鈴木は目をキラッと輝かせた。日曜日の村木宅への訪問が一年近くになり、うつが治癒しかけてエネルギーが戻ったところへ、誰もが直せないという難物のエレキが目の前にある。

「そうか、誰も直せなかったのか」

鈴木に挑戦の気概が湧き上がって来たところへ、ミュージシャンがエレキを手に取ってスイッチを入れ、ポロンとやった。でも、音がしない。ジッと見る鈴木の感性は回復して鋭く、どこが故障個所かをたちまち見抜いた。とはいっても、彼とてヴィンテージものは扱いが怖い。慎重居士の鈴木でもある。

「エレキが壊れても構わなければやってみますが、いかがでしょうか」

鈴木の提案に、ミュージシャンは「いいですよ。好きなようにしてください」と返事が来た。どこの楽器会社でも直らないと言われて半ば諦めていた。どうせ直らないのなら壊れても同じだと修理を依頼したのだ。

鈴木の見立てではエレキの中の磁気マイクのコイル線に故障がありそうで、どこかで線が切れかかっているか、切れているのではと判断し、はがれかけた塗料に気をつけながら、さびついたビスを本体から丁寧に一つ一つ取り外した。ボビンに巻いてあるコイルを取り出してから、巻きつけてある無酸素銅線を慎重にほどき出した。

銅線を単純にほどく作業である。コイル巻き機を逆回転させれば簡単な作業であっても、巻き方や張力がどのようなものなのかがつかめない。元に戻そうにも戻せなくなるので、手の感触で巻きの仕方と張りの強弱に気配りしてほどいていく。それしかやりようがないものの、いちいち手でほどく作業である。かなりの量にのぼり、時間を多く要する。鈴木一人でボチボチやったら作業が単調過ぎて飽き、注意散漫になりかねない。誰かと無駄話でもしながらだったら退屈もまぎれる。鈴木は事務所に遊びに行き、知り合いと世間話をしながらほどくことにした。

事務所にしたら、鈴木が遊びに来るなんてめったにない。たまにあっても、それは目新しい発明品を作り、出来具合を皆に見せ、反応を確かめたい時である。総務の元相棒が言うには、鈴木はこの時も晴れやかな顔で上機嫌だったので、発明品でも見せに来たのかと思ったそうだ。

元相棒の観察は正しかった。故障の箇所への見当がついているからご機嫌がすこぶる良く、元相棒や親しい事務員に近づくと口から出任せを言っては笑わせ、小さなコイルをもてあそぶように銅線をほどき出した。とはいえ、普段の鈴木はカリカリなんてしてない。余裕でおしゃべりを楽しんで愛想も良い。奇妙な物を作って見せに来ては皆を驚かせ、驚く顔や喜ぶ態度を見るのが彼独自の人との繋がり方であって、この時もコイルをほどいていたものの、どうみてもいたずらにしか見えなく、誰も気にもしなかった。

鈴木は違った。

口はいつものように滑らかにまわっていても、全神経を指先に注ぎ、張り具合や巻きの仕方を注意深く手に記憶させようと、指先は緊張の極みにあった。

鈴木の指ほど不思議な指はない。余人とは違い、別の感覚システムが働くかのように、おしゃべりとは別の感覚システムが稼働する。以前、金庫開けで「手が音を聞きとる」のも指の異様な感覚であるし、その後鈴木が脳梗塞を発症して指に麻痺が残っても、難なくミシンで雑巾を縫ったことも同じであった。おしゃべりは鈴木には、なんの邪魔にもならなかったのだ。

コイルをほどき終えるのに、かなりの時間がかかった。しんどかったものの、彼の指の鋭い感覚はこの場面でも発揮され、最後の最後で切れた銅線を見つけて修理をやり終えた。「やっぱり」予想通りの故障個所の発見で嬉しかった。だが、それと同時に鈴木はひどい困惑に陥っていた。コイルがデタラメに巻いてあったからだ。

ほどき出すと、巻き方も張り具合もランダムであって、バラつきのひどさに鈴木はすぐ気づいた。一部分だけならこういうこともあり得ると、分からないでもなかったものの、どこまで行ってもデタラメな巻き方で、それはついに終わりまで続いた。

「キチンと仕事をしたのかい」

そう作り手に詰問したい思いさえ募り、「ここまでどうして、こんなにデタラメに巻いたのか」の理由づけをしようにも、どうにもつけられなくて鈴木は困惑していた。

素晴らしい音が出るエレキである。なのに、ピックアップコイルの銅線の張り具合と巻きの仕方がまるでデタラメだった。まったく鈴木の予想に反し、考えられる範囲をはるかに超えている。

「なんでここまでランダムに巻いたのか」

その原因らしきものさえ見当たらない。またどうしてそうしたのかの理屈も見つからない。頭の中で疑問が渦巻いてイライラが募り、「いい加減にしろ」と心の中で叫びつつ、こんなにも良いエレキが本当にデタラメのコイルであるわけない。なにかの理由が必ずあるはずだ、と鈴木は考え続けるしかなかった。

幸いだったのは張り具合と巻きの仕方は手に記憶し、元に戻すには何も問題はなかった。しかし、ランダムさは腑に落ちない。

「当時のコイル巻き機がいくらお粗末にしても、ここまでデタラメに巻くものなのか。ちと妙だ」とブツブツ独りごちて考えこんでも答が見つからない。「参った。弱った」と意味不明の壁にぶつかったまま、鈴木は開発部屋に帰ってこもり、考え続けた。かなりの時間が過ぎた。

「アーア、だめだ、分からない」と疲れからボヤッとしていると、フッと閃いた。

「エッ、まさか、こいつか。こいつが原因だというのか」

そう心が叫びはしても、一方では「まさか、そんなことなんてあるもんか」とささやく。だが、どう考えても、どう他の原因を探ってもあり得ない。「これだよ。これしかない」という結論に至って、鈴木はプッと吹き出した。

そうだった。逆だった。逆なのだ。解は簡単そのもので、「巻き方がデタラメだからこそ、返って良い音が出た」というのが正答であったのだ。コイルをきれいに巻けば強い音が出て効率的であっても、機械的で無機質な音になりやすい。面白くもなんともなくなるが、逆にでたらめに巻くと、効率は落ちてもきれいな音になる場合があるのかもしれない、という解答に到達したのだ。

事実は単純そのものであった。今はコイル巻機が自動化されてきれいに線を巻き、効率が良くなってはいても、無機質な音に振られる。もちろん、逆は必ずしも真ではない。いくら当時のコイル巻き機の性能がお粗末ででたらめに巻いてあっても、良い音が出るとは限らず、偶然に左右された。良いエレキが限られていたのは、そういう理由だった。

ランダムに上手く巻けたコイルとエレキ本体とが、たまたま調和するという偶然がもたらされたことが、その正体だった。だからこそ、逸品であって、きれいに巻ける自動機械がある今日では、どうやっても澄んだ音は出っこないのだった。どの楽器会社の開発も気づかず、「昔の物はモノがいい。今では作ることは出来ない」と思いこんでも無理がなかった。

ミュージシャンにとっては幻のエレキで、大切なモノだったわけである。澄んだこの音を出せるエレキは今ではどこを探してもあるわけない。ミュージシャンが惚れこみ、どうしても直そうと方々駆けずり回ったのも頷ける。

「フフフ」の含み笑いが出てから、「アハハ」と大声で笑い、鈴木の部屋中に響き渡った。

皮肉な話である。この古いエレキが作られた五〇年代のコイル巻き機がお粗末なところへ、初心者の下手くそが巻くと、稀に優秀な作品が出来上がった。作り手が下手くそだとコイル巻き機も、デタラメの上にデタラメに巻く。効率を落とすことになったのが、音には幸いしたのだろう。意図的にランダムに巻いたのではない。たまたまデタラメに巻いたエレキの中で、きれいな音を出すものが出来た、という偶然の産物であった。

鋭い指先とすぐれた記憶頭脳を持つ鈴木だからこそ、解明が導かれたのだ。たまたまうつが治りかけ、頭脳が白紙に近くなり予断がなかったのも幸いして、誰にも知られていなかった要因が解明され、画期的な成果を得た。

「まさかのデタラメ」が本当の姿であった。なんのことはない、澄んだ音色は粗雑なコイル巻き機と下手くそな職人という二重のお粗末さによって、上質なマイクコイルが出来あがったのである。

ただ、偶然が産んだ産物ではあっても、全部がデタラメとは言い難かった。コイルを巻く芯であるボビンの鉄の厚さや形状には気を遣ってあったからで、コイルで効率を落とすので、その分、芯の厚さや形状で補うという高度な技が施され、全てが行き当たりばったりではなかった。

これだけ分かれば後はランダムに巻き戻せばいい。手に記憶した巻き方に近いランダム係数を捜し出し、そいつをパソコンに入れてコイル巻機に繋ぎ、新しい無酸素銅線で巻き戻してマイクの中にコイルを収めると、エレキは元の澄んだ良い音を奏で出した。

## 異端のエレキ Talbo の誕生

ここまで様々なことが分かったのである。鈴木がここでやめるわけがない。「ランダム係数をいろいろと変えてみたら、もっと良い音が出るコイルが出来るかもしれない」という「やらまいか精神」に火が点き、鈴木はいてもたってもいられなくなった。

この「やらまいか精神」は浜松ではよく言われる伝統的なフレーズで、「なにしろ、まずはやって試してみてからいろいろと考えよう」という行動を促す言葉であって、本田宗一郎もその代表者であり、鈴木もその中の一人だった。

今回の開発はメタルボディのエレキである。条件が全く違い、これに合うピックアップが見つからなくて、鈴木はまいってうつになった。うつの治りかけのところへ、ヴィンテージもののエレキ修理が飛びこんで「偶然の発見」からコイルのランダムさが決め手なのをつきとめた。

そうだとすると、ランダム係数の中には「アルミ合金ボディに合う巻き方があるのではないか」という可能性に気づき、暗い洞窟の中でウロウロしていた鈴木に、光が射した。

直感が閃き、「このヴィンテージエレキ以上の、良い音が出るランダム係数を見出せる」という予想をしたものの、コイルとて生き物である。単に線を巻くだけでなく、芯であるボビンの形状や厚さにも関係する。これら部品も様々にそろえ、それらとのマッチングも調べれば、何とか先が見えてくるのではないかと試行しはじめた。


ここで強調すべきなのは、鈴木が当時のパソコンのエキスパートであって、扱いを良く知っていたことである。これより五、六年前のパソコンキットが売り出された七〇年代半ば過ぎだが、鈴木は自腹でキットを買って作ってみたところ、満足がいかない。仕方なくまた分解して作り直すという根気のいる作業を何回もくり返して、パソコンの中味や扱いを知悉していた。

自由にパソコンを駆使出来た彼だからこそ、会社が初めて買ったパソコンの故障まで直すこともできた。

　初期のパソコンである。不安定でよく故障してメーカーがしばしば直しに来ていたが、ある時、メーカーのサービスが何回、来ても直らない。仕事がとまってしまい、係が困っていたのを知って鈴木が様子を見に行き、パソコンを復元させる「事件」まで起こした。

　故障の原因は当時のICチップにあった。当時はまだ未成熟で不安定さがあり、時に働いたり働かなかったりしたのだ。こうなると原因が分かりにくい。故障がどこかをつかむのが難しくて、皆往生したのに、鈴木は見つけ方を知っていた。

　鈴木はパソコンの組み立てを何回も繰り返すうちに、ICチップが時に不具合になるのを突き止めた。ところが、その見つけ方は突拍子もなく荒っぽいものであった。

　慎重な鈴木である。不注意から半田ゴテをICチップに近づける場合もあるだろう。どの程度まで近づけたら壊れるのか、距離を知って置くのが後々役に立つと考え、この突飛な荒技を身に着けたのだ。

　ICチップは熱に弱い。この広くに知られていた「熱に弱い」性質を鈴木は逆手に取り、熱した半田ごてをICチップに近づけるという実験をしていた。どういうことかというと、近づけ過ぎれば壊れるが、適度に距離を離せばなんともない。その「距離」を知ろうと、ICチップに色々な方向や距離から近づけてみて、壊れる距離を精確に割り出してあった。確かに沢山のICチップを壊しはしたが、それだけに正常なものの安全ギリギリの「距離」を知っていた。

鈴木は故障した会社のパソコンを分解して、ＩＣチップを全て取り出した。そして実験から得た、正常なＩＣチップなら何ともないが、壊れかけているものなら熱で壊れる、微妙な「距離」を保ちつつ半田ゴテを近づけた。不安定なＩＣチップなら壊れるであろう「距離」で一つひとつに近づけては、不具合のあるＩＣチップを見つけようと検査し出した。

様子を見た係の者はビックリ仰天。鈴木がパソコンをバラバラにしてＩＣチップを全て取り出した時点で、元に戻せるのかとハラハラしていたのに、検査の様子を見てもっと驚き、「壊れるじゃあないか。そんなことも知らないのか。気が狂ったか」と怒鳴ったのに鈴木は平然と近づけ、沢山の中から不安定なＩＣチップが切れるのを見届けると、係の者に、同じものを要求して正常なＩＣチップと交換した。当時のＩＣチップの値段は百二十円であった。この金額で直してしまったのである。

このことから分かるように鈴木はコンピュータの扱いは慣れていたものの、今回はランダム係数の問題である。大量にあるので、どのランダム係数が適切なのかを考えに考えた。その末にミュージシャンのエレキが素晴らしいことから、このランダム特性に近いものがポイントではないかとにらみ、これに似た係数を考えられる限り選ぶと、ボビンの磁石の厚さや形状も種々に作り上げて、とっかえひっかえ試してみた。

エレキ本体のメタルボディは会社の事業方に頼んで作ってもらい、残響を抑えようと中空にウレタンを吹き付ける荒技を施してから、ランダムに巻いたコイルを片端から取りつけ、試し聴きをした。

これまで本体をアルミ合金にしたせいで、ピッタリしたマイクが見つからないでいたが、目標が出来た。時間がいくらかかってもやってやろうと腹をくくって、試せるだけやってみた結果、ビンテージもののエレキを遥かにしのぐエレキを作り出すことが出来た。

新型エレキ「Talbo」の誕生である。

ストラストキャスターのように鋭い音を出すのに、レスポールエレキのようにきれいで豊かな音が出る異端のエレキの出現であった。ここまで出来てから、鈴木はミュージシャンに、「エレキは直りました」と電話すると、

「本当に直ったのか」と興奮でうわずった声が電話越しに響き、

「じゃあ、直ぐに取りに行く」と東京からすっ飛んで来た。ミュージシャンは自分のエレキを手に取り、ポロンと弾いて叫んだ。

「これだよ、この音だ。良かったなあ。嬉しい。ありがとう」と、握手を求める彼に、

「あのお、これを叩き台にして、別口のエレキを作ったのですが、弾いてみてくれませんか」と鈴木が頼むと、突然のことに意味を理解しかねたミュージシャンは、いぶかしげに、

「エッ、俺のエレキを叩き台に、違う音が出るのを作ったというんですか」と、差し出されたエレキをおずおずと手に取ってポロンと弾き、また「エッ」という大声を出した。

「なんていう音が出る。こんなに透き通った音は聞いたことがない。とても軽いし弾きやすい。

これを貸してくれませんか。東京に持ち帰って、皆に見せてやりたい」と真剣な顔で頼む。鈴木に異論があろうはずがない。喜んだミュージシャンはいそいそと持って帰った。

二日後、再び会社の電話ヒューズが飛ぶ事態になった。ミュージシャンが大手の楽器店に持ちこみ、音質の透明さを吹聴したからだ。いや、吹聴の必要性などまるでなく、すぐに音の素晴らしさと軽さに感嘆して、一も二もなく注文しようと他の楽器店にも情報を流した。多くの楽器店が注目して、会社に注文電話が殺到した。当時の電話事情では一度に多くの電話がかかると、安全上からヒューズが飛ぶようになっていたのだ。

このことから、アルミ合金の開発が新しいものであっても、心臓部のマイク開発に成功しなかったなら、Talboは誕生しなかった。瓢箪から駒の出来事であったものの、とんでもないエレキの誕生で、異端のエレキと呼ばれるものになった。メジャーデビューする直前のグループサウンズの「グレイ」の一人がこのエレキの良さに気づき、ここからグレイの成功が始まったとも言われる伝説のエレキであった。

異端と呼ばれるエレキTalboであるが、発売当時こそ、透明な響きを出すエレキという物珍しさもあって爆発的に売れた。しかし多くの人には異端な音を出すエレキが上手く弾きこなせない。大半は放り出してしまったが、一部に熱狂的な支持者がいた。特にミュージシャンのなかには熱狂的に絶賛する者がいて、今も評価が高い。

こうしてエレキTalboは日の目を見た。しかし嬉しかった鈴木なのに、間もなくLSエレキの件でフェンダー社との訴訟に負けて多くの賠償金を支払う羽目になり、会社は潰れかけた。その後九〇年までのしばらくの間、鈴木は働く事が出来たものの、左前になった会社がエレキTalboの生産販売権を他社に売りに出した。そしてその権利も転々とするという数奇な運命を辿ったのである。

このように鈴木が作った幾種類ものエレキは多くのメジャーなミュージシャンに使われ、「グレイ」も注目して異端で透明な音に感嘆し、エレキを作った本人に会って話を聞きたいと、何回か、「会って、話を聞きたい」とのメッセージを会社に送って来たが、鈴木は東京に行くのを断固、拒否した。

「グレイだか、ブラックだか知らないが、行く気はない」と、にべもなかった。もちろん、会社の従業員達、特に女性陣から「会いに行って、サインを貰ってきて」とせがまれても、動こうとしなかった。

他の多くのミュージシャン達も同じで、「会いたいから、東京に来てくれ」との伝言にも鈴木は頑として東京には行かなかった。理由がふるっている。新幹線に乗りたくなかったのだ。

「エッ、まさか。すごい技術者が、なんで新幹線に乗るのを怖がるのか」と思われるかもしれないが、発想が逆なのだ。すごい技術者で精密に作るのに長けていた鈴木だからこそ、精密技術が持つ脆さを知り抜き、疑念を抱いていた。もちろん、当時でも新幹線が無事故でその優秀さを知ってはいたが完璧主義の彼は乗るのを拒んだ。

これが真相であったが、こうした行動は余人から見れば理解出来ない。「そんなことを言うなんて、アホか、バカか」と見られたのは、皆が「安全」と承認しているのに鈴木は独自の見解を持つからで、そこが奇人とか変人とか言われたゆえんでもあろう。だが、最近では新幹線の車両に亀裂が見つかり、危うく大事故になるところだったという事件があったから、鈴木の心配も満更、当たっていないのではないのだ。

## 電子オルガンをパイプオルガンの音で

今まで、どこの楽器会社でも作ろうにも作れなかったアルミ合金製のエレキ Talbo の製造、販売の成功に気をよくした会社は、今度はどの会社も手が出せないでいた新素材のカーボン・ファイバー・グラスに目をつけ、次はこれだとエレキＭＡＴの開発を打ち出した。それに鈴木も関わったものの、その後不首尾に終わった。

鈴木は言う。会社が建て直しに焦り、ただ「急げ、急げ」という状態であったと。新素材開発やマイク開発にはいろいろな実験や試行錯誤の必要があるので多くの時間がかかる。なのに、民事再生法によって潰れかけた会社は、少しの猶予を手に入れたまでは良かったが、業績回復を急ぐあまり、どこに焦点を合わせるか見当も付かないうちに、作り上げようとした。

いくら独特な才能がある鈴木でも、新素材の性質やマイクとのマッチングの見極めをするには時間が足りなかった。開発に没頭しているうちに借金返済が出来なくなった会社は本当に破産にひんして、大きな敷地も売られてしまった。居る場所もなくなり、皆、退職せざるを得なくなった。危機にひんした会社は中途開発のＭＡＴを売り出した。開発途中の物が受け入れられるわけもなく、どこにも売れはしなかった。

こうしてエレキ Talbo の開発で成功を収め称賛を浴びた鈴木だったが、最後は会社が倒産して働き場所を失った。これはこれで不幸であったものの、鈴木にしてみればエレキは好きな楽器ではなかった。

エレキ開発のお陰で世の中に認められ、顧客からの刺激的な反応も多く来て、面白さに目覚め生き甲斐になって楽しませてくれたが、鈴木が本当に作りたかった楽器はパイプオルガンだった。重厚で落ち着いた響きにぞっこんで、本気でパイプオルガンを作ろうと、資料集めをかなり以前からしていた。

パイプオルガンの本場はドイツである。資料にはドイツ語のものが多い。ドイツ語の理解が必須になり、鈴木はラジオのドイツ語講座の受講までして何とか資料を読みこめるまでなった。

このドイツ語について関連する話がある。

鈴木の会社の支店の一つが西ドイツにあった。そこのドイツ人技術者が来た時だが、会社で英語の通訳が出来る人がついたものの、技術用語が多い。技術畑でない通訳者はそこまでは知らなくて、しばしば滞っていると、鈴木は何とドイツ語で直接にやり取りをし出した。スムーズにドイツ人と対話をして帰ったのを見て、通訳者は驚いた。

「鈴木さんは大学を出ていなかったですよね」と問われ、

「浜松市立南部中学校卒です」と答えたのだった。

村木が鈴木に聞いたところでは、そんなにスムーズに行ったのではなく、ただドイツ語の技術用語を知っていたので、それだけのやり取りで大方済んだと澄ましていたという。

こうしたドイツ語への傾倒から、鈴木はパイプオルガンへの資料を何回も読んで理解を深めていたので、作るのも可能であった。だから、本物のパイプ六十一本の簡易セットをドイツから購入して、試行錯誤をくり返した。暇が出来ると飽きずに何回も作る苦労を積み重ね、作り方を会得してしまい、作る自信を得た彼は慎重居士なのに、「後は資金さあれば出来る」と公言するまでなった。

よほどの確信があったのだろうが、作るには膨大なお金を要し、社長からは、「中小企業の楽器会社では到底、出来ない」と言われた。これが出来ないのなら、電子オルガンでパイプオルガンの音を創ろう。そう鈴木は切り替えて、作り始めたのである。

惚れ込んだ楽器である。画期的なものを作ろうと懸命に努力した甲斐あって、退職する直前の九〇年に完成をみたが、会社が破産して日の目を見ることなく幻に終わってしまった。

これまでもハモンドオルガンは「どんな音でも作れる」を売りにしていて、パイプオルガンの音まで出せると豪語していたが、高価な上に音と来たら機械的に作り出されたサイン曲線の音しか出ない。本物のパイプオルガンには程遠いものだった。

電気的に言えばエレキマイクの構造に似て、第九倍音まで発電機のギアを組み合わせるドローバーでの音作りであって、機械的で無機質的な音に留まっていた。とても本物のパイプオルガンの音と言えるような代物ではない。各楽器会社も何とか創ろうと必死に試みていたが成し遂げられず、電子オルガンからパイプオルガンの音を出すのは不可能と言われていた。なのに、鈴木は作り上げた。

鈴木から電話があった日曜日、物理学者で鋭い感性を持つドイツ人のJ・H教授（当時ハイデルベルク大学）が村木宅に滞在していたので、彼に電子オルガンなのにパイプオルガンの音を出すものが出来たという知らせだ、と伝えると、「興味がある」という。

一緒に鈴木の開発部屋に行き、教授が電子オルガンの前に座った。左手で低い方の黒鍵を押すと超低音のパイプ音がズーンと腹に響く。

「何だ、この重厚で身体を震わせる音は」と仰天して口走った教授がオルガンの周囲を見回すものの、村木も同じであって、「何処から出ている、この音は」と大声を上げたが、音はまぎれもないパイプオルガンの音であって、重厚な響きが腹の底を震わせたが、パイプからではなかった。

高さが二メートルを越すスピーカーボックスに、大小合わせて二十のスピーカーを埋め込んだものからで、ステレオで聞くパイプオルガンの音と変わりなかった。それどころか、スピーカーからの音なのを忘れさせるほどの重厚で澄んだ響きをしていた。

鈴木は言う。どうやったらパイプ音に近づけてパイプオルガンの音を出せるのかで、随分と悩んだと。最初は忠実にパイプ音を再現しようと試みたが、出るのは重厚な音とは程遠い。か細い脆弱な音しか生み出せず、どうやっても重々しい音の再現が出来ない。やはり純粋で重厚なパイプオルガン音の再現は無理かと諦めかけた時、フッと発想が逆ではないかという考えが浮かんだ。雑音をなくし、純粋なパイプ音の重厚さを創り出そうと必死だったが、「違う、違うな」と。パイプオルガンの音は、パイプを通る時に風の音が共鳴して入って重厚さが演出される。やっていることが真逆であったのだ。純粋な音を作ろうと音の引き算をしていたのに、逆の足し算をしなければいけなかったのだ。そこで風の音をどう織りこめるかに力を注いだら、この音が出来上がったという。

「これだけの音が出るのなら、パイプオルガンは必要ない」とまで教授は言い切り、

「いつ、発売するんだ」と鈴木に問いかけた。事実、スピーカーから出る音はまぎれもなくパイプオルガンの音そのものだったのに、この素晴らしい電子オルガンの発売は、残念にも会社が倒産して幻に終わった。

こうして鈴木が好きだったパイプオルガンの音の創造やエレキ Talbo の成功のように、楽器製造での会社は順調であったのに、フェンダー社の訴訟に負けて大きな賠償費用が会社にのしかかった。その上、それを補おうと土地取引にも手を出して倒産を後押ししたという噂も飛び交

い、せっかく、作った電子オルガンも雲散霧消してしまい、鈴木も残念がったが、もうどうしようもなかった。

## 才能とはなんだろう?

こうして鈴木がエレキ開発を始め、すぐれた電子オルガンを作ったことは才能があったから出来たのだろうか。鈴木に聞けば、「違う。努力だ」との答が返って来る。

本当であろうか。最近の遺伝学によると、遺伝子は生まれつきの確定したものではなく機能的である。言ってみれば、メチル化によって、スイッチのようにオンにもオフにもなり、働いたり働かなかったりするという。

『天才を考察する』という本によれば、ロンドンオリンピックで百メートル金メダルのボルトや、女子選手がワン・ツウ・スリー・フィニッシュして金銀銅を得たのはジャマイカ人であった。彼等は筋肉の瞬発力を高めるアルファアクチニンACTN3というタンパク質の遺伝子を一個以上持っていたが、ジャマイカではそういう人達が九八パーセントも占めると言う。

そこで他の国々でも調べて見ると、どの国でも八〇パーセント以上いた。そうだとすると、三億人のアメリカでは二億四千万の人が該当し、中には環境に恵まれた人達もいるから二百七十万人のジャマイカよりもすぐれた選手がいくらも出てよいのに、出ない。となると、遺伝子が究極の決め手でなく、「遺伝子は確定的ではなく、確率的である(Genes are "probabilistic rather than deterministic.")」というロンドン大学の発達精神病理学者マイケル・ラッターの言が正しくなる。

ではどうしてジャマイカだけが多くのすぐれた選手を生み出したのだろうか。かの国の人々は貧しいので、お金がかからない靴だけが必要な陸上で、一旗揚げようとしたのがあるという。小学校低学年から陸上スパイク靴を親から買ってもらった、たくさんの子供達が一日中、走り回っているのがそれだと。そうした練習を大人になるまで続ければ、いくつかの陸上の遺伝子が存在し、中には次々と遺伝子のスイッチをオンにする者が出て来るのかもしれなかった。

鈴木も同じであり、いくつかの遺伝子を育む環境に恵まれたというより、電器店の環境を積極的に使おうという強い意欲、気概があったから、遺伝子を次々とオンにしたのではないだろうか。つまり、なんにでも挑戦しようとする気概を手に入れていたから出来たのではないのか。実際、同じ環境で同じ遺伝子の確率の高い彼の兄や弟はこの能力がなかった。

また手先の器用さに関係する遺伝子を持ち、電気に詳しい人なら世の中には掃いて捨てるほどいるが、鈴木のような人は滅多にいない。その要因は単に遺伝子を持ち、環境もいいというだけでは才能が開花しないからだろう。

もっと彼の身近に目を向ければ、同じ開発の人達の中にもそうした遺伝子を持つ人はいた。となると、同じような遺伝子を持ち、同じような環境にあるという遺伝子と環境の二つが揃いながらも、彼の才能だけが開花したというのは妙な話になる。

ただ、いくら鈴木が気概を持ち、遺伝子を次々にオンにしたといっても時代の影響もあったであろう。この時代、気概を持った要因のなかの一つに、敗戦国になって大半の人が惨めさに打ちひしがれていたのを見て、西欧に負けない物を作ろうという人が少数にしてもいた。その中の一人が鈴木であって、一介の開発者に過ぎないが、ホンダやソニーのように大きな成功には至らなかったものの、彼等と同じような気概があったからではないだろうか。

それは鈴木の言葉にも出ている。村木が出会った一九六〇年頃の話になるが、「アメリカ製のラジオは小さいのに、デカい日本製を遙かに凌駕している」と悔しさをあらわにしていた。言ってみれば鈴木は西欧に負けた悔しさを胸に秘め、気概を持ち、いろいろな試行錯誤をくり返して実力を蓄えた。発展しかけた七〇年代には楽器会社に入ることで実力を発揮して次々と新規開発に成功し、バブル時代の八〇年代にはすぐれたTalboを作り上げた。すべて敗戦後の日本の発展に沿って生きていたからであろう。

## 解放された鈴木と待ちうけた病

ただ、いくら才能あっての鈴木にしても、十数年ちょっとの短期間に三十五ものすぐれた特許が簡単に取れるとは思えない。困難に挑戦し続け、時代の影響を受けた気概を持ち、遺伝子を次々とオンにして行ったから成し得たのであろう。

ではどうして気概を持ち続けられたのだろうか。鈴木は言う。「いつも夢中で開発していて、後は何も考えなかった」と。開発が面白くて夢中になって時間の中を生き、充実感を持てたからだろう。シンプルな彼なので、時間を自分の中に取り込む「時間の内面化」が容易に出来たのだ。

こうしたことが出来るのを村木の友人の皮肉屋はやはり、「鈴木はアホだから出来る」と言う。これも一面の真理を含んでいる。というのは、余人がなにかしようとしても、周りに目が行ったり、途中で邪魔が入ったりしてやめてしまう。だが、彼のような類いの人は平賀源内に近く、奇人ではあるが夢中になって一つのことが出来る才能を持っていたのではないか。だからこそ、「時間の内面化」は一般的には難しくても、鈴木には簡単であって、抵抗なく出来たのだと。

こうした見方は世の中の人にはよくあるものの彼の努力は並のものではなかった。だからこそ、才能を発揮出来たと村木は言う。ただ、鈴木の苦労はこの余人が真似出来ない努力のことではなかった。開発を邪魔する周囲との付き合いの調整がそれであったのは間違いないだろう。

「小児気質」の人はやると決めるとすぐに開発に没入して「時間の内面化」をして夢の中の人になり、周りの無視も起きるので軋轢が生じ易かったのではないかという。

こういう言い方をすると奇妙に聞こえようが、もし彼の「小児気質」がここまで極端でなく、他者と少しでも上手くやっていけるものがあったなら、もっと大きな世界で活躍出来たのではないのか。

ところがことは簡単には運ばない。というのも、もしそうだとするとエネルギーの幾分かは周りとの調整に注がれてしまう。そうなれば、鈴木のような特殊な集中力は弱くなり、新製品の開発にエネルギーの全てを注げなくなる。ホンダでもソニーでも、才能ある人物を支えるもう一人の人間がいたからこそ会社をやって行けて、開発も出来たと言われているように。二律背反（Antinomie）になるのである。一つひとつは別々に成立していても、混ぜ合わせることなど出来やしない。どちらか一方しか成立しないからで、二つは全く別の人格になってしまう。

当然の事だが、鈴木のなかで「もしも」はあり得なかった。店をしていた彼は平時では表面的には愛想良く周りとの調整は出来ても、開発になると集中して本来の姿に戻り、物も言わなくなった。それで周りは怒り出したが、元々が二律背反が作動するところである。両方を上手く操るのは不可能で、こうした類いの人間は埋もれたままになる。だが、懐の深い部長という理解者が鈴木のかたわらにいたので、それなりの成功を収められたのであろう。

とは言え、鈴木は全国的に華々しく名が知られているわけではなかった。いくらエレキTalboのような例外がありはしても、単なる地方都市の中小企業の一開発者に過ぎなかった。しかし楽器製造業界との繋がりがある楽器店には、鈴木の名はつとに知られていたようだ。

ある日、村木宅の庭工事をしていた職人の一人が以前、東京の大手の楽器店に勤めていたという。村木が鈴木の話をすると、名前は聞いたことがあるという。

なぜ、記憶に残っていたのかというと、浜松市出身というので、「鈴木は有名だから知っているだろう」と言われたが、鈴木の姓を持つ人なんてゴマンといて、困ったという話をその職人は

著者略歴
四方一偈（よも・いっけい）
1942年静岡県生まれ。京都大学文学部卒。
高校教師の後、小倉庫業を起業して今に至る。
ドイツ哲学の原書講読の哲学サークルを作り、
30年以上続いている。
著書に『エゴメタボリック』がある。

奇才はそばにいた！
中卒で35の特許をとった鈴木君の物語
2020年5月1日初版第1刷発行

著　者　四方一偈《よもいっけい》
発行者　日高徳迪
装　丁　臼井新太郎
装　画　保光敏将

発行所　株式会社西田書店
〒101-0051 東京都千代田区神田神保町2-34 山本ビル
Tel 03-3261-4509 Fax 03-3262-4643
http://www.nishida-shoten.co.jp

印　刷　倉敷印刷
製　本　高地製本所

ISBN978-4-88866-648-0 C0093